달빛 조향사 1
가프 현대 판타지 소설

초판 1쇄 찍은 날 § 2021년 3월 24일
초판 1쇄 펴낸 날 § 2021년 3월 31일

지은이 § 가프
펴낸이 § 서경석

총괄팀장 § 노종아
편집책임 § 신나라
디자인 § 스튜디오 이너스

펴낸곳 § 도서출판 청어람
등록번호 § 제387-1999-000006호
등록일자 § 1999. 5. 31
어람번호 § 제1-3123호

주소 § 경기도 부천시 부일로 483번길 40 서경B/D 3F (우) 14640
전화 § 032-656-4452 팩스 § 032-656-4453
http://www.chungeoram.com
E-mail § chungeorambook@daum.net

ISBN 979-11-04-92325-8 04810
ISBN 979-11-04-92324-1 (세트)

청어람

가프 현대 판타지 소설

달빛 조향사

1

MODERN FANTASTIC STORY

목차

프롤로그
—
내가 나를 불렀다

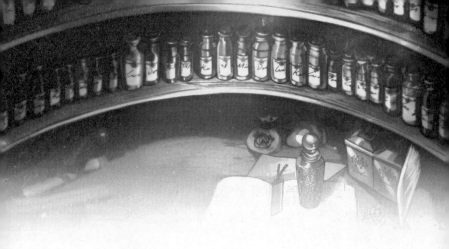

좋았어.

비행기 문이 열리는 순간 문득, 그런 생각이 들었다.

프랑스의 냄새 때문이었을까?

후맹으로 불리던 후각이 시원해지는 느낌이었다.

닉네임 찐—후맹 윤강토.

냄새를 아주 못 맡는 건 아니다. 다른 학생들이 아밀 아세
테이트 1,000분의 1 희석액의 냄새를 맡을 때 10분의 1 희석
액에서 코박킁으로 허우적대기.

엄밀하게 말하면 후약(嗅弱)에 속했다.

[프랑스 도착, 절대로 무사하니 걱정하지 마실 것.]

할아버지에게 문자를 보내고 파리 땅을 밟았다.

생투앙 벼룩시장에서 내렸다.

후각망울 안에 초강력 멘톨향 폭탄이 터진 듯 조금 더 후련해졌다.

아주 좋았어.

뭔가에 홀린 게 아니고는 설명될 수 없는 기분이었다.

26살의 생일을 하루 앞둔 5월의 어느 아침.

연휴에 더해 며칠 결강까지 각오하고 파리로 날아왔다.

어쩌면 조향사의 꿈을 놓아야 할지도 모르는 기로.

그 착잡함마저 사라졌다.

[프랑스].

[그라스].

[향수].

윤강토에게는 껌딱지처럼 달라붙은 세 단어가 있었다.

이유 없는 기시감이었다.

무궁화 다음으로 아이리스가 좋았고.

유럽 맹신자도 아닌데 태극기 다음으로 프랑스 국기 '라 트리콜로르'가 좋았다.

백일 날, 상 위에 가득한 것들 중에서 강토의 선택을 받은 것도 엄마의 향수병이었다. 아무것도 집지 않자 엄마가 서둘러 추가한 물건에 '조 말론'의 향수가 있었다.

"향수를 왜?"

아빠가 눈살을 찌푸렸지만 강토의 선택은 뜻밖에도 그 향수병이었다.

"얘가 향수를 좋아하나 봐."

엄마가 살짝 분사해 주니 허공을 더듬다 잠이 든 게 강토였다.

발길이 골동 향수 상점 앞에 멈췄다.

마치 내비게이션이 알려 주는 종착지 같았다.

가슴속의 안개가 더 많이 걷혔다.

마침내 고장 난 내비게이터에 불이 들어오는 기분이었다.

왜일까?

왜 프랑스였을까?

그중에서도 왜 여기였을까?

어떻게 보면 전서 비둘기의 귀소본능인 양 이끌렸다.

마치 신의 계시라도 받은 것처럼.

"차이니스?"

푸른 차양을 단 상점의 주인이 호객을 시작한다.

"코리안."

한마디로 비껴 갔다.

"오, BTS."

주인이 Dynamite의 안무 포즈를 취하며 아양을 떤다.

"찾는 거 있어?"

영어가 이어진다.

강토의 시선은 향수 진열대에 꽂혀 있었다. 마치 최면성 강한 파출리 향에 중독이라도 된 듯.

낡은 삼나무 선반에는 고풍스러운 향수병들이 가득했다. 일부 네임드는 낯이 익었다. 소위 명품 중고도 보였다. 쓰다 남은 것부터 레이블이 찢겨 나간 것, 스프레이가 망가져 코르크로 대충 막은 것까지.

다—양—다—종.

그 단어가 낡은 병 위에서 데구르 구르는 것 같았다.

"구경하셔. 14세기 장미수부터 우비강, 19세기 푸제아 로얄까지 뭐든지 다 있거든."

'⋯⋯.'

강토 미간이 살짝 구겨졌다.

주인 구라가 너무 나갔다.

골동 향수가 꽤 보이지만 그런 향수가 있을 리 없었다. 푸제아 로얄은 베르사유 향수 박물관 오스모테끄에 '온리 원'이다. 향수에 대한 지식이라면 결코 달리지 않는 강토였다. 그 분야와 유기화학 공부는 제대로 했다. 다만 후각이 치명

적일 뿐.

"영국 향수 어때? 남자 향수는 그쪽이 끝내주지. 뿌리면 여자가 끔뻑 죽는다고."

"……."

주인의 호객 행위에 아랑곳없이 진열대의 향수들을 지나쳤다. 그 발은 지하로 통하는 계단 앞에서 멈췄다. 좌표가 정해진 듯 여전히 자동 진행이었다.

"이봐. 거긴 쓸 만한 거 없어. 시시콜콜한 잡동사니들뿐이야."

"……."

"젠장, 또 돈 안 되는 앤티크 마니아구만. 지하실에서 고르면 개당 20유로야. 마음에 드는 거 있으면 들고 올라오라고."

주인의 목소리가 계단을 따라 내려왔다.

지하 계단은 나무였다. 문도 나무였다. 제대로 낡은 것으로 보아 지은 지 100년은 넘어 보였다.

"……!"

문 앞에 서니 코가 또 시원해진다.

시원?

이거 레알 실화?

큼큼.

코를 벌름거리자 퀘퀘한 냄새도 느껴진다.

정말로 냄새가 맡아지는 것이다.

기분 죽인다.

후맹으로 핍박받던 후각망울의 봉인에 균열이 가는 걸까? 제발, 제발 그랬으면 좋겠다.

그런데.

이상한 일이 일어났다.

그 문에 손을 대는 순간 투명한 젤의 폭격을 받은 듯, 울컥하는 파동이 과격하다 싶을 정도로 몸을 치고 지나간 것이다.

'뭐야?'

휘청거리는 몸을 간신히 바로 잡았다. 주인이 밀었나 싶었지만 그는 위층에 있었다.

다시 한번.

문을 밀려 하자…….

'윽.'

이번에도 보이지 않는 파동이 격하게 몸을 흔들어 버린다. 자신도 모르게 심박동이 빨라지고 호흡까지 가빠진다.

전율이다.

그러나 불안이 아니고 설렘이다.

그 두 가지 감정이 마치 날카로운 메탈릭과 플로럴 코드의 합체처럼 낯선 교차를 이루며 달려들었다.

피부의 솜털들이 일자로 일어났다. 머리카락 역시 철사처럼 삐죽거리며 치솟았다.

이것이었다.

귀소본능이 당기듯 프랑스까지 끌어당긴 정체불명의 이유.

「지금 이 순간」.

강토는 마치 이 순간을 위해 26년을 달려온 것만 같았다.

대체.

이 안에 뭐가 있길래.

꿀꺽.

두 다리에 힘을 준 강토가 낡은 문을 밀었다.

*   *   *

끼이.

두툼한 청동 경첩이 벌어지는 소리와 함께 안쪽 세상이 시야에 들어왔다. 잡동사니의 천국이었다. 소형 알람빅과 계량기, 압착기, 분쇄기, 냉각통 등의 낡은 조향 기구까지 가득했다. 회복 불능으로도 모자라 쓰레기로 보이는 향수들이 박스와 나무 궤짝마다 멋대로 널렸다. 친절하게도 CCTV 카메라까지 돌아가고 있었다.

향수병에는 먼지와 녹, 곰팡이도 보인다.

수백 년 전의 고물상에라도 온 것 같지만 강토의 걸음은 주저가 없었다.

입구에서 왼쪽이다.

긴 여정은 거기서 자동으로 멈췄다.

두근.

심박동이 멋대로 빨라진다.

시선에 낡고 때 묻은 삼나무 향수병 하나가 빨려 들어왔다.

손때가 덕지덕지 묻은 삼나무 향수병.

"……!"

거기 시선이 꽂히는 순간 다시 한번 아찔해지는 걸 느낀다.

이 향수병은 처음이 아니었다.

분명.

본 적이 있었다.

그러나 현실이 아니라 꿈속에서.

한 번도 아니고 세 번이었다.

자신도 모르게 그 병을 잡았다. 그립감이 제대로다. 마치 처음부터 내 것, 나만을 위해 만든 것 같았다.

"코리안, 하필 그거야? 그건 헤라클레스가 와도 안 열려. 얼마 전에 이종격투기 선수 하나가 금발 애인 데리고 와서 허세 떨다가 포기하고 갔거든."

스피커를 통해 주인 목소리가 흘러나온다. 다 보고 있는 모양이었다. 그럼에도 강토는 미동도 하지 않았다. 삼나무 향수병에 완전히, 정말이지 완전히 꽂힌 것이다.

"젠장, 그거 열면 그냥 준다. …웰컴."

주인 목소리가 급히 멀어진다. 다른 손님이 온 모양이었다.

―안 열려.

그 말도 강토 귀에는 들리지 않았다.

격한 경련 때문이었다.

손은 아까부터 사시나무처럼 떨고 있다. 척추에 내장 안까지 치고 들어오니 숨이 막힐 지경이다.

「블랑쉬 로베르」.

향수병에 조각된, 지워지기 직전의 이름 하나가 안개를 건너왔다.

"……!"

무의식 속으로 빠르게 전개된 이름이 강토 뇌 속의 림빅 시스템에 벼락을 때렸다. 순간, 거짓말처럼 향수병이 저절로 열렸다. 무심결에 돌리자 뚜껑이 열려 버린 것. 마치 비밀번호가 풀린 파일처럼 전격적이었다.

화아앗.

향수를 중심으로 아련한 섬광이 우러나온다.

"……?"

지하실은 이내 광채에 물들었다.

눈이 너무 부셔 두 손으로 빛을 가렸다.

향수.

태어나면서부터 본능적으로 가까웠던 단어였다.

백일상에서 엄마의 향수병을 집었던 강토.

생애 첫 단어가 '껏(꽃)'이었던 아이.

세 살이 되기 전까지는 거의 천재적인 후각의 소유자.

그러나 세 살 무렵의 사고 이후로 급속히 쇠퇴해 후맹에 가까운 삶을 살아온 극한 롤러코스터 인생.

그럼에도.

강토의 꿈은 조향사.

화학 전공에서 결국 조향 복수전공까지 택했지만, 화장품 제조관리사 및 책임판매관리사 등의 자격증까지 모두 갖추고.

화학과 졸업 후에 조향 복수전공 과정을 1년 더 이어가고 있지만, 결국에는 조향학과 실세 교수로부터 후각 때문에 조향사가 되는 건 불가능하다는 신랄한 선고를 받은 몸이었다.

땅땅땅.

「절대 불가」.

그 기구함을 구원하려는 운명의 빛이었을까?

귀소본능처럼 이끌려 온 파리에서.

저절로 발이 멈춘 생투앙의 벼룩시장 지하실에서.

생면부지의 향수병이.

알라딘의 마술 램프처럼 놀라운 기시감과 함께 봉인이 풀린 것이다.

"……?"

강토의 호흡이 완전히 멈췄다.

빛을 가렸던 손을 치우자, 지하실은 간곳없고 바다처럼 광활한 재스민 꽃밭이 펼쳐졌다.

재스민.

7월의 꽃이다.

재스민 향은 시스재스몬과 메틸 시스재스모네이트가 좌우한다. 냄새는 섬세하고 달콤하다.

강토 머릿속에 든 정보가 나열된다. 냄새가 그런지는 잘 모른다. 재스민 없이 완성되는 향수가 없다기에 기를 쓰고 맡아보았지만 코에 기별이나 올 뿐이었다.

오늘은 달랐다.

그동안 못 맡은 향들이 날을 잡고 벼르는 듯 산더미의 해일을 이루며 강토를 덮쳐 왔다. 백 번의 압사로도 감당 못 할 향의 폭발이었다.

알아둬.

내가 바로 재스민 향이야.

장미와 쌍벽을 이루는 향수 노트의 2대 아이템.

지금껏 누리지 못한 냄새의 끝까지 싹 쓸어 맡아 버리라고.

프레쉬를 시작으로 시트러스와 프루티, 플로럴 노트의 제국이 열렸다. 스파이시와 발사믹, 머스키와 우디의 향연도 펼쳐졌다. 향의 파노라마는 라운더리하고 파우더리한 향기군으로 이어졌다.

향의 제국.

장벽 저편에서 곁을 내주지 않던 그들이 쓰나미를 이루며 창대하게 다가온 것이다.

컥.

코를 쫀다.

컥컥.

후각세포와 후각망울을 정밀 타격 하듯 골라서 쫀다. 그 충격은 가히 핵폭발급이었다.

"컥—꺼억."

과격한 향의 폭발로 정신이 혼미할 때 향의 안개 속에서 기이한 형상이 아른거렸다.

그새 주인이 내려온 걸까?

아니.

아니었다.

경이로운 향의 너울을 헤치고 나온 사람은 젊은 프랑스인이었다.

나이는 26살.

강토와 같았다.

그런데.

미치도록 기시감이 강했다.

아니.

얼굴은 조금 다르지만 분위기가…….

똑같았다.

'나?'

강토의 본성이 의식을 후려친다. 전율을 멈추고 다시 한번 집중한다. 그사이에 그는 더 가까워졌다. 이제는 손이 닿을 거리였다.

"⋯⋯?"

그가 손을 내밀었다. 신성을 만난 듯 거역 못 할 이끌림이었다. 강토가 그 손을 잡았다. 순간 그의 에너지가 향의 무한 파노라마를 타고 강토의 후각으로 들이쳐 왔다.

[윤강토].

그의 목소리는 뇌의 변연계로 직행이었다. 후각 신경구는 뇌의 변연계와 인접한다. 그렇기에 어떤 지각과 인지의 과정도 없이 '감정'을 치고 들어왔다.

나다.

"⋯⋯?"

너의 전생 블랑쉬 로베르.

"블랑쉬? 나의 전생?"

200여 년 전, 저 그라스의 조향 작업장에서 재능 착취의 사육을 당하다 죽어간 너의 전생.

"200여 년 전?"

만인의 혼을 매혹시켰으나 단 한 사람에게만 인정받았던 후각의 천재.

"한 사람?"

나의 여자였으되 제대로 한 번 안아주지도 못한 아델라이
드.

"······?"

내가 너를 여기로 불렀다.

"······?"

이제야 신이 허락한 시간이 되었으므로.

"신이라고?"

보아라. 너의 전생.

블랑쉬가 허공을 가리켰다. 거기 재스민꽃이 꽃물결을 쳤
다. 꽃들은 천계의 몽환처럼 아스라한 주단을 펼친다. 그 주
단 위로 다음 장면이 생생하게 전개된다.

그라스다.

이유 없이 친근하던 프랑스의 도시 그라스.

장면은 그새 200여 년 전으로 바뀌었다.

그라스의 해안 어시장 모퉁이가 나왔다.

오바이트가 쏠리도록 더럽지만 낯이 익었다.

구석의 허름한 헛간 안에서 아이가 태어나고 있었다. 블랑
쉬였다. 어머니는 몰락한 독일 귀족 가문의 여자였다. 맑은 영
혼을 가진 화학자 남편을 만났지만 남편은 천연두에 걸려 먼
저 죽고 말았다. 어머니는 필사적으로 살았다. 블랑쉬를 잉태
했던 것이다.

남편의 실험 기구들마저 치료비로 날리자 거지가 따로 없었다. 꽃의 고장 그라스에서도 꽃 따는 일을 얻지 못했다. 천연두를 앓았다는 게 이유였다. 후유증으로 얼굴이 얽었으니 꽃이 오염된다는 말까지 나왔다. 다행히 남편 친구의 도움으로 어시장에서 생선 다듬는 일을 얻었다. 창고 끝에 딸린 작은 헛간도 허락되었다.

산통과 함께 블랑쉬가 태어났다.

붉은 핏덩이였다.

어머니는 혼자 탯줄을 자르고 아기를 리넨으로 감쌌다.

블랑쉬는 특이했다.

울음보다 먼저 터뜨린 게 콧바람이었다. 아이는 유난히 흰 코를 돼지처럼 벌름거렸다. 작은 코로 세상의 모든 냄새를 빨아들일 기세였다. 어머니는 아이를 안고 밖으로 향했다. 달밤이었다. 가까운 곳에 평원이 있었다. 거기 꽃이 있었다. 하긴 거기가 아니라도 상관없었다. 어디라도, 그녀의 보금자리처럼 악취가 나지는 않았다.

거처만 벗어나면.

천지가 꽃밭이었다.

그런 곳이 그라스였다. 그러나 밤에만 허용이 되었다. 낮에는 농장의 주인과 하인들이 어머니의 접근을 허용하지 않은 것이다.

어머니의 발은 눈처럼 흰 아이리스 군락 앞에서 멈췄다. 아기는 아직도 울음을 내지 않았다. 꽃 무리 위에 블랑쉬를 눕혔다. 그러자 아기의 콧구멍 호흡이 더 빨라지기 시작했다.

응아.

마침내.

아기의 울음이 터져 나왔다. 그라스 대지에 만발한 천만 가지의 꽃들에게, 불운한, 그러나 천재 조향사의 탄생을 알리는 울음이었다.

제1장

—

불운한 천재

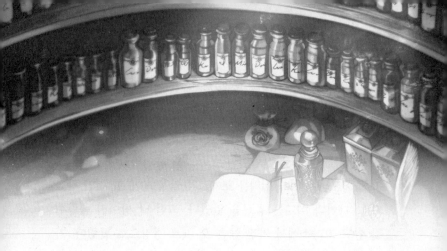

'블랑쉬.'

하얀 아이리스의 흰빛이 이름이 되었다. 유난히 흰 코도 한
몫을 했다.

'너는 순백으로 만인의 사랑을 받으며 살아가렴. 엄마 인생
처럼 찌들지 말고.'

삶에 지친 어머니지만 축복은 잊지 않았다.

아기는 살았다.

그러나 제대로 산 건 아니었다.

블랑쉬가 태어난 헛간은 온갖 악취의 온상이었다. 그라스
가 향수의 고장이라지만 여기만은 그렇지 않았다. 부패해 가

는 어류 내장과 비린내도 문제지만 창고 옆 공터가 더 심각했다. 실패한 향료의 찌꺼기들이 버려지는 곳이었다. 무두장이들과 조향사들의 쓰레기장인 것이다.

어머니는 때때로 블랑쉬의 콧구멍을 틀어막았다. 코를 쪼고 들어오는 악취가 머리를 뽀개고 눈알을 쏟게 할 것만 같았다. 그때마다 아기는 몸살을 앓았다. 그런 날 밤이면 블랑쉬를 안고 그라스에서 가장 높은 오 제르 광장으로 달렸다. 가장 높은 곳에서 가장 깨끗한 공기로 블랑쉬의 후각을 정화시켰다.

어머니가 일하는 낮이면 블랑쉬는 혼자 버려졌다. 어머니 냄새를 맡는 시간은 젖을 주러 오는 두 번뿐이었다. 그것 외에는 코를 벌름거리며 냄새나 맡는 게 일상이었다.

"저놈은 냄새를 먹고 사나?"

어쩌다 들른 어부들의 말이었다.

그 코는 정말 기이했다.

악취를 멀리하는 게 아니라 오히려.

흡입기처럼 끌어당기는 것이다.

세상의 모든 냄새를.

그러다 어머니가 가까워지면 맑게 웃었다.

악취 속에서도 어머니의 냄새를 알았다.

작은 항구에는 수많은 배들이 들락거렸다. 그들 대다수는 꽃과 에센스를 사려는 상인들이었다. 프랑스뿐만 아니라 다른 나라 사람들도 많았다.

일곱 살이 되었을 때 블랑쉬는 냄새만으로도 그들의 국적을 알았다. 여전히 코를 벌름거리는 게 일이었으니 친구들 사이에서 '벌름코'로 불렸다.

벌름코의 친구 역시 벌름코였다. 병들어 버려진 강아지 비글을 만난 것이다. 블랑쉬는 비글을 극진히 보살폈다. 혼자 있는 아들의 친구가 되어주니 어머니도 비글을 내치지 않았다.

벌름코의 후각은 가히 기체색층분석기 수준이었다. 비글과 함께 돌아다니며 냄새를 맡았다. 가난한 탓에 모든 것에 제약이 있었지만 냄새를 맡는 일만은 누구의 제약도 받지 않았다.

비글은 개 중에서도 후각이 뛰어난 품종이다. 블랑쉬는 그 후각에 뒤지지 않았다. 그 위력은 땅속 송로버섯을 찾아낼 정도였다. 돼지가 캐낸 버섯 냄새를 맡고는 두 번이나 송로버섯을 찾아냈다. 비글보다 빨랐고, 난생처음으로 어머니에게 선물을 했다.

이 벌름코 꼬마는 단순히 냄새를 잘 맡는 것에 그치지 않았다. 새로운 냄새를 가진 물체를 보면 찢어 보고 부숴 보고 심지어는 먹기도 했다. 두어 번 생사의 갈림길에 서기도 했지만 덕분에 블랑쉬의 후각 세계는 점점 더 세밀하고 넓어져 갔다.

"오늘은 대구, 가오리, 바다송어, 새끼 뱀장어."

어머니가 돌아오면 어떤 생선을 만졌는지도 알았다. 물론 어떤 남자와 이야기를 했는지도……

블랑쉬는 세상의 모든 냄새를 찾아 돌아다녔다. 꽃이라면 아이리스부터 재스민, 제비꽃, 뮤게까지 모르는 게 없었다. 집 안에 누워서도 먼 농장 꽃의 개화를 맞힐 정도였다.

냄새에 대한 호기심은 조향사들의 실패작에도 예외가 없었다. 버려진 향료를 보면 누구 것인지 알았다. 안에 든 내용물도 알았다. 변질된 포마드와 에센스들을 찍어 먹어 보기도 했다.

불안정한 평화는 열 살이 되던 해에 끝났다.

3월의 어느 날, 비글이 죽었다. 너무 늙었기에 어쩔 수 없었다.

불행은 4월로 직행했다.

금작화와 오렌지꽃이 지천인 그 봄, 블랑쉬는 동쪽 오피오 마을의 성벽에 걸터앉아 한 조향사의 마당을 내려다보고 있었다. 조향사 알랑은 블랑쉬가 살고 있는 창고와 헛간 터 대지의 주인이기도 했다.

옆자리는 허전했다. 온기를 같이하던 비글이 없는 것이다.

알랑의 넓은 마당에는 오렌지꽃 바구니들이 가득했다.

블랑쉬의 손에도 그 꽃이 있었다. 오렌지의 향은 신선하면서도 활기가 넘친다. 오렌지 에센스는 꽃에서만 얻는 게 아니다. 껍질과 나무껍질, 잎사귀에서도 얻는다. 조향사의 정식 이름은 알랑 클레멘트였다. 성의 본뜻은 부드러운 자비지만 한

참 거리가 멀었다. 그는 미소 속에 악을 숨긴 악질이었다.

그럼에도 재료 보는 눈이 괜찮았다. 올해도 좋은 품질의 오렌지꽃을 확보했다. 알랑은 그라스의 모든 꽃을 알고 있었다. 그러나 알랑의 선택 능력이 그라스 최상인 것은 아니었다.

블랑쉬는 아이답게 두 다리를 흔들면서 오렌지잎을 햇빛에 비춰 보았다. 이렇게 하면 잎사귀에 둥근 입자가 보인다. 알랑이 잎을 고르는 방법을 알아챈 것이다. 그것 외에 오렌지 껍질을 벗겨 수분을 터뜨려 보기도 하고 불에 대기도 한다. 질 좋은 오렌지는 촛불에 대면 불이 붙는다.

블랑쉬는 다르다.

이렇게 멀리 앉아서도 냄새로 오렌지꽃의 질을 알 수 있었다. 심지어는 어느 농장에서 가격을 후려쳐 왔는지도.

그때였다.

알랑의 손길을 바라보던 블랑쉬가 화들짝 놀라 일어섰다.

'엄마.'

파리해진 입에서 작은 새의 비명이 나왔다.

어머니의 냄새였다.

블랑쉬는 멀리 떨어진 거리에서도 어머니의 냄새를 알 수 있었다. 그런데 그 냄새가 주저앉았다. 그냥 주저앉은 게 아니라 아예 스러졌다. 좋은 일이 아니었다.

블랑쉬가 달리기 시작했다.

"블랑쉬, 금작화밭 옆의 샘물로 물 길으러 갈 건데 같이 안 갈래?"

멀리서 아델라이드가 소리쳤다. 블랑쉬에게 친절한 단 한 사람의 여자아이였지만 이날만은 돌아보지 않았다.

'엄마.'

허름한 헛간 앞에 도착한 블랑쉬는 그 자리에 얼어붙었다.

어머니의 냄새가 변해 있었다. 펄떡이는 생선과 내장을 토해낸 생선처럼 확연하게 구분이 되었다. 냄새만으로도.

두근.

심장이 미친 박동으로 뛰었다.

끼이.

천천히 문을 열었다.

어머니는 거기 있었다. 블랑쉬의 예상은 빗나가지 않았다. 낡은 나무 벽에 반듯하게 기댄 채 숨이 진 것이다. 그 손에 들린 건 블랑쉬의 새 신발이었다. 그러고 보니 내일이 블랑쉬의 생일이었다.

어머니는 몸이 약했다. 어떻게 보면 오래 버틴 셈이었다.

울지 않았다.

어머니의 손을 잡고 그 냄새를 맡았다. 사라져 가는 어머니의 냄새를 단 한 올이라도 더 콧속에 간직하고 싶었다.

그날 밤 블랑쉬는 알랑 앞에 있었다. 어머니는 알랑에게 빚을 지고 있었다. 약값 때문이었다. 헛간을 빌린 대가도 포함되었다. 블랑쉬의 운명이 알랑의 손으로 넘어간 것이다. 이때의 그라스는 그랬다.

"베네딕트 수도원의 발정 난 수도사들에게 넘기고 100프랑이라도 받아 와."

베네딕트 수도원이라면 어린 남자아이를 밝히는 수도사들로 유명했다. 거기 들어가면 한 달도 못 되어 똥꼬가 터져 죽는다는 소문도 있었다. 그런 다음에 음침한 지하실에 묻힌다. 그라스에 떠도는 소문은 어린 블랑쉬에게도 예외가 아니었다.

겁이 났지만 블랑쉬는 비굴하지 않았다.

"100프랑 대신에 낮에 사신 오렌지꽃 향보다 더 좋은 꽃이 있는 곳을 알려 드릴게요."

과감하게 딜을 걸어 버린 것이다.

네가?

알랑의 입가에 비웃음이 주렁주렁 매달렸다.

그도 중간은 가는 조향사였다. 조합에서의 입지도 나쁘지 않았다. 타고난 아부 실력으로 귀족들과의 친분을 트면서 야망을 불태우고 있었다.

지금 만드는 오렌지 에센스가 그 발판이 될 작품이었다. 그 꽃은 그라스 지방 최고 품질이었다. 그가 직접 고른 것이다. 그런 그에게 열 살 난 꼬맹이가 변죽을 울린 것이다.

"네가 향을 아느냐?"

알랑의 위엄은 추상과도 같았다. 그의 입지라면 블랑쉬의 생사여탈권을 행사해도 문제가 없었다. 당장 목을 꺾어 시궁창에 던져 버린다고 해도 문제가 되지 않았다.

그런데.

"지금 뿌린 향수, 투베로즈잖아요? 바닐라 향과 실측백나무 향에 제비꽃 향, 마지막으로 무거운 사향을 올려 날아가는 투베로즈를 눌러 놓았어요. 왜냐하면 투베로즈나 오렌지 향 같은 것들은 향기가 쉽게 사라지기 때문이죠."

"……?"

단 한마디.

그 한마디에 알랑의 비웃음이 사라져 버렸다.

이건 열 살 난 꼬마의 머리에서 나올 말이 아니었다. 게다가 그의 어머니가 향료를 취급해 주워들은 것도 아니었다. 그의 어머니는 더러운 생선 내장이나 바르던 여자였다.

이어지는 말은 더 걸작이었다.

"하지만 사향의 양이 너무 적어요. 사향을 구하기가 어려웠다면 미모사나 오리스, 혹은 장미 향을 더했어도 좋았을 거예요. 아니면 너트메그든지요. 그것들도 사향 냄새가 나거든요."

"……?"

"우리 엄마를 잘 묻어주시면 제가 그라스에서 가장 좋은 향이 나는 오렌지꽃 밭을 알려 드릴게요. 엄마의 빚도 제가 일해서 다 갚아 드리고요."

딜이 한 단계 커졌다. 엄마를 묻어 달라는 조건까지 붙은 것이다.

그러고 보니 장미 찌꺼기 뭉치가 보였다. 향을 추출한 장미 꽃잎이다. 집어 보니 모양만 엉성할 뿐 제대로 뭉쳐 놓았다.

"네가 만들었느냐?"

"네."

"어디 쓰려고?"

"날씨가 춥거나 겨울이 오면 불을 피워요. 그럼 악취가 달아나죠. 우리 엄마가 좋아했어요. 숨 쉬기 편하다고."

"……."

알랑이 흔들리기 시작했다. 믿기지 않지만 우연은 아니었다.

블랑쉬를 앞세워 오렌지꽃을 찾아갔다. 해안가의 작은 농가에 그 꽃밭이 있었다. 멀리서도 알 수 있었다. 다른 오렌지꽃보다 세 배는 강력한 향기였다.

하인을 시켜 블랑쉬의 엄마를 물었다. 블랑쉬는 그 묘지의 흙냄새를 맡았다. 엄마의 향과 함께 기억하려는 생각이었다.

블랑쉬를 작업실로 데려간 알랑은 사흘 밤낮으로 블랑쉬의 능력을 시험했다.

경악이었다.

단 한 번도 조향법을 배우지 않은 이 꼬맹이.

제법이 엉성하기는 해도 기막힌 향수를 만들어냈다. 이틀 동안 최신 히트작으로 불리는 향수 두 개를 복제한 것이다.

복제가 아니라 진보였으니 기존 향수의 약점까지 보완해 놓았다.

푸헐.

기도 차지 않았다.

그러나 향수는 거짓말을 하지 않는다. 세 시간이 지나도 향이 변하지 않았으니 더욱 그랬다.

블랑쉬는 그렇게 구제가 되었다.

알랑이 빚 대신 거둔 것이다.

공식적으로는 조향사 알랑 클레멘트의 조수였다.

그러나 악몽의 시작이었으니 현실적으로는 그의 노예일 뿐이었다.

블랑쉬는 몰랐다.

알랑이 사인하라고 내밀었던 채무 각서.

「평생 하인으로 일하며 어머니의 빚을 갚겠습니다.」

거기 쓰인 내용이었다.

너무 어린 까닭에 계약서의 내용까지는 살피지 못했고, 그럴 입장도 아니었다.

다음 날부터 열 살 소년은 중노동에 시달렸다. 천재적인 후각 때문이었다. 알랑이 폼 나게 비즈니스를 벌이는 동안 블랑쉬는 재료의 품질을 조사했다. 어떤 꽃도 재료도, 심지어는 사향과 영묘향, 용연향과 히말라야 삼나무까지도 블랑쉬의 후각 분석을 피하지 못했다. 그렇게 사들인 재료는 가히 그라스에서도 최상이었다.

그 재료로 포마드를 만들고 에센스를 만들고 향수를 제조했다. 돈독이 오른 알랑의 요구는 거기서 끝나지 않았다.

비누와 립밤은 물론이고 귀부인용 핸드크림까지 지시한 것이다.

말 못 하는 하인이 돕긴 하지만 이 모든 작업의 중심은 블랑쉬였다. 그렇게 만든 향수에는 전부 알랑의 이름이 붙었다.

사실, 몇 가지 실전 테크닉 이외에 알랑은 블랑쉬에게 도움이 되지 못했다. 그걸 알게 된 블랑쉬는 책을 원했다. 향수에 관한 모든 책.

"책?"

"영감을 위해 필요합니다."

이유가 기막혔다. 좋은 향수를 위한 영감. 그건 모든 조향사들에게 공통되는 일이었다.

명분이 좋았으니 알랑도 반대하지 않았다. 책장에는 괴테와 단테, 다빈치의 책까지 꽂혔다. 블랑쉬는 괴테의 시 들장미를 특히 좋아했다. 어머니가 독일인이었기에 독어까지 배운 덕분이었다.

자 아인 크나바인 뢰슬라인 슈텐
뢰슬라인 아우프 데어 하이덴

바르 조 융 운트 모르겐쉔
리프 에어 슈넬, 에스 나 쭈 젠
자스 밀 필렌 프로이덴

뢰슬라인, 뢰슬라인, 뢰슬라인 로트
뢰슬라인 아우프 데어 하이덴

한 소년이 한 작은 장미를 보았네
들판에 핀 어린 장미꽃
매우 어리고, 아침처럼 싱싱하고 아름다워
그는 서둘러 뛰어갔네, 그것을 가까이 보려고
그 장미를 기쁨에 겨워 보았네

어린 장미, 어린 장미, 빨간 어린 장미
들판에 핀 어린 장미꽃

　다빈치의 그림도 좋았다. 조악한 모조품이지만 두 개나 가지고 있었고, 특히 모나리자의 입술에 깃든 아련한 미소에 관심이 깊었다.
　독일과 이탈리아, 스페인의 책도 많았다. 어느새 알랑은 그라스 조향계를 주도하는 조향사가 되었다. 알랑의 금고에는 금이 쌓여갔다. 그는 그라스는 물론이고 파리에서도 최고 재력가의 한 사람으로 불릴 정도로 부를 쌓았다. 그러나 블랑쉬의 작업장 구석에는 책과 고단함이 쌓여 갈 뿐이었다.

알랑은 점차 유럽의 주요 도시에까지 명성을 떨쳤다.

그럴수록 블랑쉬에 대한 감시와 착취는 더 가혹했다. 혹시라도 이 모든 작품이 블랑쉬의 능력이라는 말이 새어 나갈까 두려웠던 것이다.

블랑쉬에게 허용된 공간은 작업장 안으로 제한되었다. 식사를 가져다주는 것도 아델라이드뿐이었다. 가엾은 아델라이드.

원래는 2살 터울의 여동생과 인형처럼 뛰어다녔다.

쌍둥이처럼 닮은 그 여동생과 어머니를 잃은 슬픔이 가시기도 전에 아버지마저 마차 사고로 죽자 알랑의 하녀로 팔려온 것이다.

사육 같은 삶을 사는 블랑쉬에게 아델라이드는, 괴테 책 속 베르테르의 로테거나 단테 책 속의 베아트리체 같은 위로였다.

향수가 잇달아 히트를 치자 알랑이 당근을 내밀었다.

"스무 살이 되면 독립 하우스를 차려주고 자유를 주마."

그 약속은 지켜지지 않았다.

스물다섯으로 미뤄진 약속도 지켜지지 않았다.

개자식.

욕은 입 밖으로 내지 않았다.

어머니를 묻어 준 은전 때문에 참아 왔지만 더는 아니었다.

계획을 세웠다.

이 노예 생활에서의 탈출이었다.

스물다섯 살의 약속이 깨지면서 블랑쉬는 준비를 시작했다. 사향과 영묘향, 용연향, 삼나무 에센스 등을 빼돌리기 시작한 것이다. 작업할 때마다 조금씩 모았다가 새 재료가 들어오면 바꿔치기를 했다. 혹시라도 향이 새 나갈까 밀랍으로 세 번 봉하고 삼나무를 깎아 정밀한 갑을 만들었다.

부족량에 대해 물으면 신제품 실험으로 썼다고 하면 그만이었다. 알랑은 더 따지지 않았다. 그는 오직 완성품에만 혈안이었다.

비밀스러운 향수도 실험을 했다. 그것들은 알랑에게 내주는 신제품과 비교도 되지 않았다. 성경에 나오는 성유를 만들고 개나 고양이를 위한 향수를 만들었다.

그런 후에 야심작에 도전했다.

천국의 향.

그게 주제였다.

지상에서 가장 아름다운 향수를 만들려는 것이다. 먼 나라로 탈출한 후에 발표해 알랑의 명성을 뒤집어 버릴 생각이었다.

6개월에 걸친 노력 끝에 만족스러운 향이 나왔다.

시더우드, 즉 삼나무를 깎아 만든 비밀 향수병에 담았다. 지상의 모든 노트의 정수를 망라한 천국의 향이었다. 이거라면 프랑스나 이탈리아 왕비는 물론, 지옥 신의 마음도 사로잡을 수 있었다.

*　　　*　　　*

그래도 블랑쉬가 가장 사랑하는 건 아델라이드의 향이었다.

그녀와는 가로세로 15㎝ 문틈을 두고 만난다. 그 좁은 문으로 식사를 받는 것이다.

알랑의 의심병은 중병이 되었다. 그때부터 블랑쉬의 자유는 작업장 안으로 제한되었다. 말 못 하는 하인에게 감시 역을 맡겼다. 작업실 안에 화장실이 딸렸으니 거기서 먹고 자고 싸는 것이다.

블랑쉬는 알고 있었다. 아델라이드가 자신을 사랑하는 걸. 블랑쉬 역시 그녀를 사랑했다. 그녀와의 애틋함은 리넨이 가교가 되었다.

블랑쉬는 유지에 적신 리넨을 건네주었다. 그녀는 그걸 감고 잔 후에 아침이 오면 블랑쉬에게 돌려주었다. 리넨에 그녀의 향이 묻어 나왔다. 그 향을 모아 아델라이드의 향수를 만들었다. 그녀의 것과 똑같았으니 그 향을 바르고 잠이 들었다. 그러면 그녀를 안고 자는 기분이었다.

알랑이나 하인 앞에서는 그녀에 대한 감정을 숨겼다. 이 지옥을 탈출할 때까지는 어쩔 수 없었다.

마침내 아델라이드와 공모를 했다.

수면의 향수를 그녀에게 넘겼다.

기회가 오면 알랑과 하인의 침대에 뿌리면 되었다. 알랑이 취해 떨어진 날이 좋았다. 그들을 재운 후에 에센스와 고가의 향료를 챙겨 독일이나 이탈리아로 갈 생각이었다. 블랑쉬가 그 나라 말을 할 수 있기 때문이었다.

하지만.

신은 블랑쉬의 편이 아니었다.

아델라이드가 수면의 향수를 들킨 것이다.

눈치를 차린 알랑이 하인을 시켜 그녀를 고문했다. 블랑쉬의 계획이 드러나고 말았다.

그날 밤 작업실에 불이 났다.

블랑쉬는 잠결에 화재를 느꼈지만 대처할 수 없었다. 화근을 없애는 쪽으로 가닥을 잡은 알랑이 포도주 주정을 작업장 둘레에 부은 것이다. 불길은 삽시간에 노도처럼 치솟았다.

"블랑쉬."

피투성이로 달려오는 아델라이드가 보였다. 하인의 감시가 소홀해진 틈을 타서 필사적으로 포박을 푼 것이다.

"안 돼!"

불길 사이로 그녀를 확인한 블랑쉬가 소리쳤다. 알랑이 그녀의 등에 총을 겨눈 것이다.

"안……."

뒷말은 하지 못했다.

탕.

총소리 한 방으로 아델라이드라는 꽃이 졌다.

그사이에도 작업실의 불길은 더 맹렬해지고 있었다. 사력을 다해 문을 차 보지만 끄덕도 하지 않았다. 블랑쉬가 달아날까 봐 튼튼한 나무에 두툼한 경첩을 쓴 까닭이었다. 엄청난 크기의 자물쇠도 밖으로 채워 두었다.

펑펑.

이제 작업장 안도 불바다였다. 구석구석 가득한 유지는 화마의 편이었다. 냉침법을 위해 유리 위에 펼쳐둔 유지도 합세를 했다. 불 속에서는 아름다운 향기도 독이었다. 투베로즈조차 그랬으니 독한 향들은 한두 번 맡는 것만으로도 목숨이 날아갈 수 있었다.

아아.

리넨으로 코를 틀어막은 블랑쉬가 작업대 구석으로 밀려났다. 그 발판 아래 비밀의 구덩이가 있었다. 구덩이는 키 높이만큼 깊었다. 그 안에 블랑쉬의 희망이 있었다. 아델라이드와 함께 행복하게 살아가려던 재산들. 알랑 몰래 모아둔 용연향과 사향, 영묘향, 히말라야 삼나무, 그리고 밀랍을 씌운 필수 에센스들…….

나와.

꽃을 휘젓는 갈고리를 집어 들고 소리쳤다.

이글거리는 불길을 향해.

펑.

화마가 대답을 했다. 구석의 주정 통이 폭발한 것이다.

나오라고.

펑.

또 다른 알코올 통이 터졌다. 그 불길이 투베로즈 향을 모아둔 유지에 옮겨붙었다. 여기는 더 이상 향수 작업장이 아니었다.

신이건 뭐건 나오란 말이야.

자욱한 연기 속에서 블랑쉬의 절규는 터지고 또 터졌다. 그의 원망은 야비한 알랑 따위를 겨누지 않았다.

가혹한 운명.

그 속에서 블랑쉬가 원하는 건 단 하나였다.

뛰어난 후각으로 아름다운 향수를 만드는 것.

아델라이드와 꽃을 따고 고르고, 침지하고 증류하며 자유롭게 향수를 만드는 것.

그걸 뿌리고 좋아하는 사람들의 표정에서 삶의 보람을 구하는 것.

너무나 소박한,

너무나 인간적인,

그러나 블랑쉬는.

15년 넘게 절정의 향수를 만들면서도 그걸 이루지 못했다. 그가 만든 향수는 알랑의 이름으로 나갔고 돌아오는 건 빵 조각과 염소젖이 고작이었다.

아니, 한 가지 더 있기는 했다.

아델라이드.

좁은 문틈을 통해 그녀의 체취를 맡고 그녀의 손을 잡으며 위로받는 것.

두꺼운 문의 두께 때문에 입술조차 닿지 않았던 아델라이드.

그녀의 향도 어머니의 그것처럼 완전히 시들어 버린 지금.

불길 속에 어머니가 보였다.

아델라이드도 거기 있었다.

놀랍게도 둘은 손을 잡고 있었다. 둘 다 흰 재스민처럼 깨끗한 자태였다.

그게 블랑쉬를 더 화나게 만들었다.

살았을 때는 비루와 비참 속에 살게 하더니 죽어서야 깨끗하게 하다니.

신이라는 존재의 뒤틀린 연주에 분노가 치밀었다.

신, 이 개자식아, 나오란 말이야.

마지막 분노가 터지자 거짓말처럼 한 존재가 나타났다.

「블랑쉬」.

존재는 허상이었다.

대신 냄새가 그를 말해 주었다.

수억의 비통과 참담함, 그리고 절망과 신성이 뒤엉킨 그의 냄새.

블랑쉬는 알 수 있었으니 그가 바로 죽음의 신이었다.

"……?"

「네가 부정하고 저주하며 부른 게 나였다.」

"죽음의 신?"

「그래. 죽음의 신이자 운명의 신. 야속하겠지만 네가 꽃에서 향기라는 영혼을 뽑아내듯 오늘 네 육신에서 혼을 뽑으러 왔음이라.」

"그렇게는 안 돼."

「하루만 피는 꽃처럼 짧은 목숨도 있다. 네 26년의 삶이었지만 지상의 모든 향을 섭렵한 생이었으니 아쉬워 마라.」

"26년?"

「나이를 잊었나?」

"당신이 잊었군. 나는 내 인생을 산 기억이 없어."

「……?」

"모든 게 알랑 클레멘트의 인생이었지. 내가 만든 향수, 내가 만든 비누, 내가 만든 파우더, 심지어는 내가 찾아낸 새로운 향기도."

「…….」

"그런데도 내가 26년을 살았다고?"

「블랑쉬.」

"이건 사기이자 기만이야. 당신들 죽음의 신, 목숨을 주었으면 최소한의 자유는 누리게 해 줘야지. 나는 쓸모없는 향조차 다른 향과 섞어 그의 노래를 하게 해 주었어."

「쓸모없는 향까지?」

"그게 향수야. 톱노트에서 시작된 감동을 라스트까지 이어가는 어코드. 당신들, 신이라는 존재가 관장한 인간의 목숨은 내 향수의 세계만도 못했던 거야."

「오만하구나. 뛰어난 후각을 가진 것은 안다만 감히.」

"오만?"

「네가 만든 향수는 인간의 헛된 유희에 불과하다. 그런데 감히 신을 거론하는 것이냐?」

"천만에. 내 향수는 누구에게든 통해."

「건방진, 그 따위 유희가 우리 신들에게도 통할 거라고 생각하느냐?」

화앗.

대답 대신 날아간 건 블랑쉬가 만든 비밀 향수였다.

그 향이 공기 속에 아롱지는 순간 신의 눈빛이 속절없이 출렁거렸다.

사아앗.

한 번 더.

「이것?」

신의 코가 벌름거리기 시작한다.

블랑쉬, 신들의 오감에 대해서는 알지 못했다.

하지만 신의 감정이 흔들리고 있는 건 알 수 있었다.

"이래도 오만인가?"

「……?」

신이 고개를 흔들었다. 어떤 환몽도 환각도 그들에게는 통하지 않는다. 그렇기에 불지옥에도 물지옥에도 그들이 사뿐 강림하는 것이다.

그런데.

이 향수는 달랐다.

인간과는 근본적으로 다른 신의 후각 체계까지 밀고 들어오는 게 아닌가?

게다가.

미치도록 몽환적이었다.

마치.

또 다른 절대자의 최면에라도 걸린 듯.

"이 향수는 사계절의 꽃 백 가지와 동서남북과 사계절을 상징하는 나무 향 여덟 종류, 신들의 제단에 쓰이는 사향, 샌들우드, 아가우드에 하느님이 모세에게 주었다는 풍자 향과 신비롭고 성스러운 야생 베티베르와 유향으로 마감한 거야. 당신들과 소통하던 향까지 망라했으니 사자도 예외일 수 없어. 당신이 이 땅 위에 강림한 이상."

「……」

"인정해. 나는 햇빛 향을 빚을 수도 있고 달빛 향을 만들 수도 있어."

「그렇다면 햇빛 조향사이자 달빛 조향사인가?」

"지상 모든 것의 조향사."

「그래. 인정은 하마. 신 된 체면에 차마 거짓을 말할 수 없으니.」

신의 눈빛이 살짝 흔들렸다.

"그런데?"

「네 몸 말이다. 생으로 돌아가기에는 너무 늦었음이라.」

사자가 블랑쉬를 바라보았다.

두 다리가 불타고 있었다.

불길은 어느새 배꼽까지 올라왔다.

두 팔 역시 팔꿈치까지 타들어 왔으니 남은 건 얼굴 부위 뿐이었다.

「이렇게 하자.」

"어떻게?"

「재주가 아까우니 후생에 연결하도록 해 주마. 즉 새로 태어나는 너의 후생에게 네 재주와 삶의 영광을 넘겨주는 것이다.」

"후생?"

「그건 약속하마.」

신의 응답과 함께 블랑쉬의 몸이 녹아내렸다. 불길이 얼굴마저 침범한 것이다. 이제 얼굴에도 불이 붙었다. 끝까지 선명한 건 블랑쉬의 코였다.

코.

코…….

그 코까지 불이 붙자 지붕이 무너져 내렸다. 순백의 흰 아이리스처럼 만인의 사랑을 받으라던 어머니의 바람. 모든 생의 마감이 순식간이었으니 신도 사라지고 없었다.

"……."

"……."

두 개의 침묵이 서로를 겨누었다.

그러나 강토는 알 수 있었다.

눈앞에 하늘거리는 이 환상.

낯설지만 낯설지 않은 이 얼굴.

그가 바로 강토의 전생이라는 것.

"어릴 적 네 후각 기억나?"

블랑쉬의 질문이 뇌를 관통하고 지나갔다.

"……."

강토는 선뜻 대답하지 않았다.

세 살까지.

강토는 후각 신동이었다.

아빠가 집 몇 미터 밖까지 왔는지 맞혔고, 할아버지가 오는 것도 맞혔다.

아빠 주머니 속에 뭐가 들었는지도, 엄마의 가방 속에 든 물건도 문제없었다.

블랑쉬만큼은 아니었지만 굉장히 뛰어난 후각이었다.

그러다 세 살 생일이 되면서 거짓말처럼.

후각 기능이 평균 이하로 내려가 버렸다.

엄마 아빠가 교통사고로 죽던 날, 운전을 맡았던 작은아버지와 함께 정신을 잃으며 생긴 일이었다.

"후두부 충격과 함께 정신적인 충격이 겹쳐서 그렇게 된 것 같습니다."

의사의 진단이었다.

그 후로 강토는 서양화가인 할아버지와 둘이 살았다.

"출생 당시의 후각은 나의 흔적이었다. 너는 내 후생이니까."

"후생……."

"너는 힘들었겠지만 나에겐 다행이었어."

"어째서 그렇지?"

"순수라고 보면 되겠지. 종이에 비유하자면 백지에 가까우니까. 내 후각 기능을 더 선명하게 흡수할 수 있는 거잖아."

"그게 가능해?"

"그 하나를 위해 200년을 기다려 온 나야. 너는 몰라. 그 시간들… 얼마나 간절하고 애절한 기다림이었는지."

"200년."

"200여 년 전, 조향 작업장이 불탈 때, 신의 조건이 그랬다. 내 후생이 태어나면 26살의 생일날 만나야 한다. 그날을 놓치면 기회는 없다. 더 빨라도, 더 늦어도 안 돼."

"……."

"나의 후생."

"……?"

"그래서 네가 여기까지 온 거야. 네 무의식을 이끄는 나의 간절함을 따라."

"……."

"스물여섯, 그날 나는 죽었지만 네 후각 속에서 다시 태어날 거야. 그때 이루지 못한, 향기로 이 세상의 주인공이 되기 위해."

"……."

"향으로 허전한 자의 빈 곳을 채워주고 병자의 아픔까지 위로하기 위해."

"……."

"이 세상 최고가 되는 거야."

"……."

"알았으면 이제 호흡을 골라. 네 생일처럼 스물여섯 번."

"스물여섯 번?"

"마지막 호흡이 끝나는 순간, 네 후각은 만물의 냄새와 반응하게 될 거야. 지상에 존재하는 모든 냄새들, 내가 맡아서 기억하는 것들과 네가 기억하는 것들. 그리고 앞으로 기억하게 될 새로운 것들까지. 모두가 네 안에서."

블랑쉬는 강토와 겹치기 시작했다. 날숨과 들숨이 들어왔다 나간다. 아픈 것도 거부감이 있는 것도 아니다.

후웁.

강토가 숨을 쉬기 시작한다.

스물여섯 번.

그 마지막 호흡을 끝내자,

"어억?"

코를 타고 들어온 냄새 분자들의 폭격에 의식이 끊기고 말았다.

그사이에도 해마와 편도핵에는 폭풍 경험치가 들이쳤다. 대해처럼 넓고 해일처럼 장엄했다.

림빅 시스템 안의 히포캠퍼스는 용량 부족이라도 될 듯 무한으로 차올랐다.

마지막 선물은 그라스에 있어.

그라스로 가서 아까 보여준 알랑의 작업실을 찾아가.

많이 변했지만 알아볼 수 있을 거야.

내가 불타던 위치를 기억해 둬.

거길 파.

과거의 내가 미래의 나에게 보내는 선물이야.

다 네 것이라고.

부탁은 하나밖에 없어.

위로도 되고 용기도 되었던 내 향기의 세상.

최고를 이루고도 누리지 못한 그 세계.

네가 사람들에게 알려 줘.

누가 이 세상 향수의 지배자인지.

블랑쉬 로베르.

내 이름이야.

블랑쉬 로베르.

네 이름이었기도 하고.

"Espèce de connard."

나른한 의식 속으로 거친 욕설의 불어가 들렸다. 강토는 불어를 잘하지 못한다. 조향 용어와 함께, 이번 여정을 위해 생존 불어를 좀 배운 게 다였다.

"글쎄, 나는 죄가 없다니까요. 이 코리안이 자기 혼자 쓰러진 거라고요."

주인이 항변을 하는 모양이다. 여전히 불어다. 그런데 한국

말처럼 자연스럽게 들린다.

"……?"

강토가 눈을 떴다.

제2장
—
봉인이 풀리다

장소는 변하치 않았다. 변한 건 경찰 두 명이 와 있다는 것뿐이었다.

"어? 깨어나는데요?"

여자 경찰이 말했다.

"이봐, 괜찮아?"

주인의 언어가 영어로 바뀌었다.

"괜찮습니다. 그런데 경찰은 왜?"

"다른 손님이 내려왔다가 쓰러진 당신을 보고 신고를 했지 뭐야? 덕분에 구매 직전이던 여행객 두 명까지 놓쳤고."

"미안합니다."

"그런데 저 향수병 당신이 연 거야?"

"예."

"그런데 왜 기절한 거야?"

주인이 삼나무 향수병에 코를 가져간다. 그 병을 강토가 낚아챘다.

"열면 그냥 가지라면서요?"

"젠장."

"괜찮은 겁니까?"

여자 경찰이 물었다.

"예, 향수병이 잘 안 열려서 너무 힘을 줬나 봅니다."

순발력 있게 둘러대면서 삼나무 향수병을 챙겼다.

"가도 되죠?"

주인에게 묻고 돌아섰다.

모두의 시선을 받으며 지하실을 나왔다.

밖으로 나오니 햇살이 강토를 비추었다. 챙겨 나온 향수병을 바라본다. 꿈같았던 일들이 아련하게 스쳐 간다.

큼큼.

사방의 냄새에 집중해 보지만 희미하다. 변한 게 없다. 삼나무 향수도 그랬다. 희미한 향이 느껴지지만 어제와 다르지 않았다.

블랑쉬 로베르.

나의 전생이라던 사람.

꿈이었나?

제대로 허탈해졌다. 아직도 생생한 기억들이 꿈이라니?

그래도 나쁘지는 않았다. 꿈에서라도 그런 폭풍 후각을 맛보게 되다니. 지상 최고의 향기들을 경험하게 되다니.

그라스. 다시 그 단어가 강토 마음을 당겼다.

꿈이라도 좋았다.

위로는 되니까.

*　　　　　*　　　　　*

기차를 타고 니스로 들어와 그라스에 도착했다. 두 시간쯤 지나자 버스 문이 열렸다.

흐읍.

다시 한번 후각의 기지개를 켠다.

"……."

후각의 변화는 없었다. 다른 외국인들은 냄새부터 다르다며 호들갑을 떨지만 강토의 코는 느끼지 못했다.

오 제르 광장으로 올라갔다. 거기서 오피오의 방향을 물었다. 블랑쉬가 일하던 작업장 지역이었다.

"그런 곳은 처음 듣는데?"

커피 가게 주인의 고개가 갸웃 돌아갔다. 거기서 산 커피를 벤치에 앉은 노인에게 건네주며 다시 물었다. 전생의 말이 맞

다면 이미 200여 년 전의 일이다. 그라스라고 변화가 없었던
게 아니었다.

"오피오?"

"예."

"옛날 마을 이름인데?"

"아세요?"

"저기 수로를 따라 동쪽 길로 가면 돼. 한 30분 걸릴 거야."

"고맙습니다."

"일본인?"

"한국인이에요."

"거긴 아무것도 없을 텐데?"

"예."

대충 인사를 하고 수로를 따라 걸었다. 그라스의 풍경들은
깨끗하다. 여기저기 향수의 흔적도 많다. 그라스에는 세계 최
고급의 조향 연구소가 여럿 운집해 있다. 스위스에 본사를 둔
지보단에 더불어 갈리마르도 여기에 연구소를 두고 있다.

멀리 그 건물들이 보였다.

한때는 지보단이나 ISIPCA를 졸업하는 게 꿈이었다. 그래
서 유기화학에 미치고 조향 용어를 익히는 데 미쳐 살았다.
하지만 다른 게 발목을 잡았다.

조향사에게 필요한 건 절대 후각.

현실은 그 반대편에 선 절대 후약.

그걸 극복하기 위해 여러 냄새 물질을 넣은 향낭 훈련을 하고 아연을 먹어 치웠다. 아연 부족도 후각 상실의 원인이 되기 때문이었다. 모조리 실패했다.

강토의 후악은 노력으로 넘을 수 없는 장벽이었다.

「후각이 정상 이하라면 조향사는 어울리지 않습니다.」

미련을 버릴 수 없어 이메일 문의를 했었다. 지보단 측의 친절한 답변이었다.

그 지보단 연구소를 지나간다. 샤넬이 직영한다는 장미 농장과 재스민 농장도 지나간다.

"재스민 향이 미칠 것처럼 행복했어."

"장미 축제 때는 온 그라스에 장미 향수가 쏟아졌어."

강토보다 먼저 그라스를 다녀온 친구나 선배들의 감격은 어디로 갔을까? 꽃은 사방에 지천이지만 그 향은 아련할 뿐이다.

지보단 연구소 마당에 조향을 배우는 교육생들이 보였다. 흰 가운을 입고 저마다 열심이다. 향을 다루니 미소조차 행복해 보인다. 완전 부러웠다.

여기서 장 끌로드 엘레나가 태어났다. 세계적인 조향사로 꼽히는 자크 카발리에 벨루뤼도 그라스 출신이다. 즐겨야 하는 향은 느끼지 못하고 달달 외운 지식과 상식만 펼쳐진다. 그렇게 오피오에 도착했다.

"……"

여기였다.

블랑쉬가 말한 곳.

그 앞에 서니 블랑쉬의 환상이 진해졌다.

노인 말처럼 폐허였다.

작업장 터는 흔적만 남았다.

그래도 감은 왔다. 블랑쉬의 체취가 느껴지는 것이다.

어느새 초저녁.

바다로부터 어스름이 날아들기 시작했다.

내가 불타던 위치를 기억해 둬.

거길 파.

과거의 내가 미래의 나에게 보내는 선물이야.

다 네 것이라고.

블랑쉬의 말이 어스름을 따라 피어오른다.

가만히 눈을 감는다.

그것은 환상이었을까?

잠깐의 꿈이었을까?

「아니.」

블랑쉬의 목소리가 귀를 후려친다.

눈을 떴다.

숲도 어둠을 따라 바짝 내려왔다. 그 깊은 검정 속에서 다시 환상이 펼쳐진다.

두 세기 전의 조향 작업실이다.

블랑쉬가 향수를 만들고 있다.

어린 송아지의 지방과 양의 지방을 고른다. 향수의 출발점이다. 좋은 꽃과 냄새가 필요하지만 잘못된 유지를 쓰면 향을 망친다. 블랑쉬의 손길은 거침이 없다. 똑같아 보이는 지방이지만 그의 손길을 받으면 S, A, C급으로 갈라지는 것이다.

모링가의 씨앗으로 짜낸 유지도 동원된다. 그걸 녹여 내더니 여과를 시킨다. 육중한 감시의 문 밖에는 아델라이드가 있다. 틈새로 슬쩍 내다보자 그녀 볼에 장미꽃이 핀다.

그렇게 선별된 유지는 벤조인 처리를 한 후에 유리판에 바른다. 벤조인 처리를 하면 악취를 방지할 수 있었다.

유리판에서 포마드를 만드는 건 앙플라쥐 기법이다.

유지 위에 재스민이 뿌려진다. 그 모습이 신성하다. 재스민 향은 섬세하다. 덕분에 추출법 또한 섬세해야 했다. 아기를 안듯 부드럽게 다뤄야 하는 것이다. 이건 추출법이 발달한 현대에도 다르지 않았다.

한두 번으로 끝나지 않는다.

하루 이틀, 혹은 삼사 일이 지나면 꽃을 바꾼다.

이런 과정이 열 번, 스무 번, 서른 번 반복된 후에야 포마드가 나온다. 블랑쉬가 향을 맡는다. 미소가 돈다. 재스민의 향을 고스란히 카피한 것이다. 알랑에게 재능 착취를 당하고 있지만 이 순간의 블랑쉬는 행복해 보였다.

다른 방법도 있다.

올리브기름에 적신 리넨 등으로 꽃을 감싸 두는 것이다. 이건 메서레이션이다.

앙플라쥐는 현대에 이르러 이산화탄소 추출법으로 대용되기도 한다. 천연의 향을 고스란히 옮겨 올 수 있다. 그러나 치명타가 있으니 농약 등의 잔류물 농도가 앙플라쥐에 비해 높게 나온다. 역시 천연의 것에 관한 건 재래식 방법이 최고였다.

블랑쉬가 고개를 든다.

손짓도 한다.

그는.

강토를 부르는 걸까?

아니면 아델라이드를 부르는 걸까?

강토가 다가선다.

아델라이드 역시 향내처럼 문을 통과해 블랑쉬에게 안긴다. 둘의 사랑 앞에 육중한 문은 더 이상 장벽이 아니었다.

강토가 그 자리에 섰다.

블랑쉬가 알려 준 그 자리.

보는 사람도 없으므로 흙을 파내기 시작했다.

얼마나 팠을까?

가죽 같은 것이 손에 잡혔다.

주변을 돌아본 후에 그걸 잡아당겼다.

달그락.

달빛 아래로 나온 가죽 덩어리가 소리를 냈다. 크기는 축구 공만 하다. 가죽은 굉장히 정교하게 매듭지어져 있었다. 여행 배낭에 쑤셔 넣고 일어섰다.

돌아보니 블랑쉬와 아델라이드가 보였다. 둘은 아련한 자태 로 손을 흔들었다. 그리고 멀어진다. 마치 환상처럼.

딸깍.

가까운 민박집에 체크인을 한 후에 방문부터 잠갔다.

창문도 닫고 커튼도 내렸다.

그런 다음에야 가죽 주머니를 열었다.

가죽 안에서 삼나무 상자가 나왔다. 그 안에 또 작은 상자 였다. 매 상자의 두께는 2—3㎜에 불과했다. 어찌나 정교하게 깎았는지 틈새라고는 없었다.

마침내 마지막 상자가 열렸다.

상자는 또 이중으로 나뉘어져 있었다.

위쪽으로 여섯 개의 병, 모두가 밀랍으로 봉해진 에센스였 다.

아래 쪽 칸에는 네 개의 병이 보였다. 그 또한 밀랍을 두르 고 있다. 위는 에센스였고 아래의 넷은······.

'용연향?'

밀랍들을 제거하던 강토가 얼어붙는다. 바로 핸드폰부터 꺼냈다. 용연향과 사향, 영묘향 등의 사진을 불러냈다.

맙소사.

온몸에 전율이 흘러갔다.

사진만 봐서는 용연향과 사향이 맞았다. 나머지 둘은 유향과 몰약으로 보였다.

용연향.

흰색 계열로 무려 야구공 크기였다. 시그니처용으로 쓴다면 평생을 써도 될 만한 양이었다. 잘라 낸 흔적으로 보아 처음에는 더 컸을 것이다. 진품이라면 가격만 해도 어마어마하다. 검은색보다도 흰색을 더 상품으로 치기 때문이었다.

그 가격과 희소성 때문에 지금은 합성 용연향이 쓰인다. 용연향의 주성분은 앰브레인이다. 여기서 변한 앰버그리스가 용연향의 주인공이다. 앰브록스, 앰벌린 등의 이름으로 나온 상품이 그들이었다.

흠흠.

본능적으로 코에 대고 냄새를 맡는다. 용연향 자체의 냄새는 결코 아름답지 않다. 썩은 냄새와 비슷하다.

"……?"

미간이 과격하게 좁혀진다.

맡아지지 않았다.

저주의 후각.

이 귀한 용연향의 냄새도 맡지 못하다니.

아니지.

용연향이 아닐 수도 있어.

설령 맞다고 해도 200여 년 동안 땅에 묻혔으니 효능이 사라진 건지도?

흠흠.

몇 번 더 시도해도 바뀌지 않는다.

그러다 한순간, 세월에 갇힌 봉인이 녹기라도 한 듯 퀴퀴한 냄새가 코를 쪼았다.

아차.

그제야 제정신이 돌아왔다. 진품 용연향은 그 연기나 냄새를 직접 맡으면 안 된다. 마취 성분이 강하기 때문이다. 우려는 즉각적인 신체 반응으로 돌아왔다. 눈앞이 혼미해진 것이다. 코가 냄새를 못 맡았다고 그 냄새가 강토를 비껴 가는 건 아니었다.

용연향은 진품이었다.

눈을 떴다.

정신이 맑았다.

창을 보니 먼동이 텄다.

그런데.

"……?"

콧구멍이 저절로 벌렁거린다. 냄새였다. 용연향에 마취되어 잠든 지난밤. 시차까지 겹치며 미친 듯이 곯아떨어졌다. 이제 보니 창문도 닫지 않았다.

그러나 냄새는 가까운 곳에서 강했다. 돌아보니 어젯밤에 보던 그것들이 보였다.

용연향.

사향.

유향.

몰약.

코를 쪼는 냄새에 놀란 강토가 벌떡 일어섰다. 다들 보석보다 귀한 것들이다. 다른 여섯 에센스도 확인한다. 하나하나 밀랍을 뜯어낸다. 밀랍은 변색했지만 그 안에 든 에센스 병들은 거의 완전하게 무사했다. 뚜껑을 살짝 열어 향을 맡는다.

아.

강토 후각이 녹아 버린다.

아아.

미칠 듯이 녹아 버린다.

냄새.

냄새였다.

후각이 뚫린 것이다.

믿기지 않아 방 안을 뒤졌다. 낡은 커튼부터 의자, 심지어는 닳아 빠진 커피포트와 홍차 팩을 찢어 냄새를 확인했다. 완벽했다. 구석에 던져 둔 양말의 냄새까지도 맡을 수 있는 것이다.

아아아.

강토가 얼어붙었다.

후각.

블랑쉬의 말대로 되었다.

그의 천재적인 후각이 고스란히 들어온 것이다.

"……!"

넋 빠진 강토의 정신 줄을 에센스 향이 바로 세웠다.

여섯 에센스는 오우드, 베티베르, 로즈, 재스민, 샌들우드에 시더우드였다. 200년을 잠들었음에도 향이 날아가지 않았다. 코를 쏘는 에센스 뒤에 황홀한 감미로움이 따라온다. 폭풍 품질의 에센스였다.

'이게 용연향?'

강토 머리에 용연향 검증법이 떠올랐다. 손에 살짝 묻힌 후에 손을 비비며 감정사처럼 감정에 들어간다. 진짜 용연향을 본 적은 없다. 하지만 라파엘과 이창길 교수에게 들은 적은 있었다. 향료 전문가들이 하는 용연향 감정법이었다.

달달하고 부드러운 향 뒤로 바다 냄새가 피어올랐다.

두 교수가 말한 공통점이 다 적용되니 찐 SSS급이 틀림없었다.

에센스의 진한 냄새 같은 것도 상관없었다. 에센스 향은 원래가 지독했다.

블랑쉬가 남긴 진귀한 향은 무사히 시공을 넘어왔다. 서둘러 그것들을 원상태로 돌렸다. 밀랍을 붙이고 상자의 뚜껑을 닫고 삼나무 통에 넣고 또 넣고……

그러자 이번에는 다른 향이 코를 밀고 들어왔다. 이번에는 격한 반응이 아니라 부드러웠다. 장미 향이다. 열린 창을 통해 날아오고 있었다.

'불가리안과 다마스크종……'

향기만으로도 장미의 정체를 알았다.

'설마?'

알고 나서도 믿기지가 않는다. 장미는 무려 8,500종 이상으로 구분된다. 그런 장미를 향으로 구분해 낼 능력은 강토에게 없었다. 창밖을 보니 작은 정원이 보였다. 그 정원에 장미가 흐드러진 것이다. 복도로 뛰어나왔다. 여기서도 냄새 분자들이 빗발처럼 따라붙었다. 벽의 곰팡이 냄새들, 심지어는 마루에 쓰인 참나무와 그 변질된 냄새까지도 구분되었다.

더불어.

"이봐요."

주인의 불어도 또렷하게 들렸다.

"나요?"

강토의 반응도 불어였다.

"거기 방에서 무슨 냄새가 난다고 옆 객실에서 항의 전화가 왔었어요. 안에서 음식 같은 거 해 먹은 거 아니죠?"

긴 발음도 인지에 문제가 없다. 블랑쉬의 후각 능력을 따라 그의 언어 능력도 전이가 된 모양이었다.

"전혀."

발음도 좋다. 프랑스 사람이라고 해도 믿길 정도였다.

"음식은 당신이 먹었네요. 크림 브륄레에 새우 리조또였죠? 새우가 조금 오래된 거라 배탈이 날지도 모르겠어요."

강토가 팩트 폭격을 날린다. 여전히 불어였다.

"……?"

"아, 정원에 심은 장미 말입니다. 불가리안에 다마스크종이 죠?"

"당신 조향사예요?"

"미래의 희망이에요. 인돌과 스카톨 냄새가 지천인데 일부는 당신 것이로군요. 곧 신호가 올 테니 화장실로 가세요."

"인돌? 스카톨?"

"방귀 말입니다. 그게 장미나 오렌지꽃 등의 성분이기도 하지만 방귀의 성분도 되거든요."

대답을 하며 밖으로 뛰었다.

'아.'

장미 앞에 서자 햇살이 축복처럼 느껴진다. 온 세상을 비추는 햇살처럼 후각이 무제한으로 열리기 시작했다. 마치 기체 색층분석기가 가동되는 것 같았다. 허공에 떠다니는 모든 냄새 분자를 쓸어 담는 것이다. 냄새 분자를 잡아챈 단백질 수용기가 분석을 내놓기 시작했다. 컴퓨터의 연산보다도 빨랐다.

민박에서 풍기는 온갖 국적의 사람 냄새와 정원의 풀들 냄새, 그리고 언덕 너머의 꽃밭들과 먼 바다에서 밀려오는 아쿠아마린의 냄새 분자들…….

아아…….

가슴이 터질 것만 같았다.

아아아…….

이대로 미쳐 버릴 것만 같았다.

　　　　*　　　　　*　　　　　*

저주받은 후각으로 생각하던 강토의 후각. 이제는 코 안에 기체색층분석기가 장착된 것 같았다. 그건 강토의 착각이 아니었다. 조금만 집중하면 냄새 분자의 분포가 선명하게 인지되는 것이다.

장미, 하면.

마당에 핀 장미 향이 분리되었고.

나무, 하면.

올리브나무에서 포도와 야자나무까지 선명했다.

심지어는 나무에 묻은 나비의 냄새도 맡을 수 있었고, 그 나무가 뿌리를 내린 흙의 냄새도 가려낼 수 있었다.

이게…….

가능한 거야?

가능한 일이냐고?

강토가 밖으로 뛰었다. 그대로 해안까지 달렸다. 달리는 중에도 무수한 냄새들이 후각망울에 맺혀 왔다.

이 여자가 뿌린 건 아이리스가 하트노트인 향수.

저 여자가 뿌린 건 알데히드 계열.

이 남자는…….

"용연향에 디오르 향, 그리고 과일 향의 알데히드를 섞어 만든 야성적 향조……."

"네?"

남자가 고개를 들었다. 강토의 독백이 너무 컸던 모양이다.

"아닙니다. 실례했습니다."

강토가 급수습을 했다. 거기 쓰인 용연향은 싸구려 합성 향이었다. 그것 또한 냄새만으로 구분이 되었다.

아아.

아아.

이 감격은 그라스의 거리에서 분사되고 있는 장미 향수 이벤트 때문이 아니었다. 미스트처럼 휘날리는 장미 향수를 바라보며 후각망울을 다듬는다.

'합성 향.'

이 향수도 강토의 후각 분석을 피하지 못했다. 장미의 합성 향에는 제라니올과 시트로넬롤, 2-페닐에탄올 등이 있었다. 그중 어느 것인지는 모른다. 이론 시간에 외웠지만 각각의 향은 맡아 보지 못했다. 하지만 지금 이 향이 천연이 아닌 것만은 확실히 알 수 있었다.

관광객들을 지나온 걸음이 가로수를 지나 장미 농장에 멈췄다. 아까 맡은 합성 향보다 한결 부드럽고 복잡하다.

프랑스는 가로수의 나라다. 그라스 역시 다르지 않았다. 융단 같은 가로수 사이로 펼쳐진 장미 농장은 이미 전쟁 중이었다. 장미는 새벽 이슬이 마르기 전에 채취한다. 밤에 핀 꽃봉오리에 햇빛이 닿으면 향이 증발하기 때문이었다.

도구는 오직 맨손이다. 손으로 밑동을 잡고 떼어내는 것이다. 향수 산업의 일부는 아직도 여전히 노동집약적이었다.

그 한편으로 관광객을 상대로 한 이벤트도 열린다.

「같은 향을 지닌 장미를 따 오는 선착순 세 사람에게 장미 향수 제공.」

농장 안에는 30여 명의 관광객들이 있었다. 맞히면 좋고 틀려도 좋은 이벤트였다. 강토도 그 무리에 끼었다.

흐음.

블로터를 받아 들고 냄새를 맡았다.

'모스카타 장미.'

냄새가 다 가시기도 전에 알았다. 장미는 워낙 종류가 많아 아속을 둔다. 헐테미아와 헤스페로도스, 플라티로돈과 로사가 그것이다.

고전 장미로 알려진 종은 키넨시스와 오도라타, 멀티플로라 등등이 있는데 이 장미는 모스카타종이었다. 블랑쉬가 좋아하던 꽃이었으니 어려울 게 없었다.

그러나 일반인에게는 어렵다. 블로터에 코를 대고 킁킁거리다 보면 그 향이 그 향 같아진다. 후각의 특성이었다. 더구나 장미 농장 안에는 종류가 많았다.

햇살이 잘 드는 곳으로 다가가 붉은 장미 송이를 잡았다. 꽃에 앉아 있던 벌이 사뿐 날아갔다.

심사자는 노숙한 전문가였다. 그 장미 농장이 바로 전문 향수 회사의 소유였던 것이다.

"......?"

강토가 내민 장미의 향을 맡은 심사자 눈이 휘둥그레졌다.

"당신, 조향사요?"

심사자가 물었다. 중후하게 늙은 외모부터 체취까지 신뢰감을 주는 사람이었다.

"미래에요."

이번에도 강토 대답은 같았다.

"그렇다면 조향을 공부하고 있나 보군요?"

"예? 예."

"혹시 무슨 종인지도 알고 있나요?"

"모스카타입니다."

"오호."

"……."

"후각이 기막히군요. 블로터의 향만으로 종을 알아내다니. 게다가 이 종의 장미는 우리 농장 안에서도 드문데……."

후각.

세 살 이후로 처음 듣는 칭찬이었다.

"미안하지만 어디서 꺾었는지 좀 알려 주겠어요?"

"그러죠."

강토가 앞서 걸었다. 꺾은 송이를 알려 주자 전문가가 위치 표시를 했다. 향수 회사는 진한 향의 꽃을 원한다. 이 장미가 다른 것에 비해 향이 진해진 원인을 파악할 모양이었다.

"어디에서 배우고 있죠? 우리 연구소 학생은 아닌 거 같은 데? 혹시 단기 교육 과정?"

"한국에서 공부하고 있습니다."

"그렇군요."

그는 기념품 향수 위에 명함을 올려 주었다.

「아스포 수석 부사장─향장학 박사 & 이그제티브 조향사 스타니슬라스 뒤랑」.

그걸 받아 들고 바닷가로 달렸다. 그때는 몰랐다. 그가 프랑스 조향계의 전설이었다는 사실.

이제는 바다의 향도 선명하게 느껴졌다. 바다의 짠내와 더불어 썩은 해초로 인한 약간의 비린내…….

백일 날처럼 코를 벌름거려 본다.

가슴을 벌려 냄새를 빨아 당긴다. 마치 그라스의 모든 냄새 분자를 기억하려는 듯.

그것도 불가능하지 않았다. 그라스의 하늘에 떠도는 모든 냄새들이 가늠되는 것이다. 5월은 장미 수확이 시작되는 철. 사방으로 후각을 날려 장미꽃 향을 파악했다. 동쪽의 향이 조금 더 진했다. 그라스의 장미라고 다 같은 장미가 아니었다.

블랑쉬.

그가 남긴 삼나무 향수병을 꺼냈다.

손목에 분사하자 어제는 모르던 향이 제대로 느껴졌다. 수만 가지 향 속에 깃든 블랑쉬의 향. 그것은 곧 강토 자신과도 닮은 냄새였다.

어쩌면 아델라이드의 향도 있는 것 같았다. 블랑쉬의 향에서 이어지는 청초하고 소박한 여자의 향. 그게 아델라이드의 향이라는 건 의심의 여지가 없었다.

왜 모를까?

강토는 블랑쉬의 후생이었다.

고마워.

손목에 코를 묻고 중얼거렸다. 26살의 강토. 완전하게 불가능이었던 핸디캡을 완벽하게 보완한 것이다.

블랑쉬.

수평선에 대고 소리쳤다.

고마워.

네 소원대로 꼭.

최고의 향수를 만들게.

아픈 자의 마음에서 영혼까지 위로해 줄게.

꼭.

강토의 외침을 따라 아침 해가 떠오르고 있었다. 강토는 이제 그 아침 햇살의 신선한 활력 냄새까지도 맡을 수가 있었다.

마늘 냄새.

양파 냄새.

풋풋한 토마토 냄새.

와인에 오렌지 껍질.

아몬드와 샤프란.

그리고 올리브.

메인은……

'새우와 대구, 오징어에 홍합.'

작은 레스토랑에 앉은 강토는 눈을 감고 있었다. 후각의 방향은 주방이다. 강토의 오더는 부야베스. 거기 들어가는 재료들을 냄새로 알 수 있었다.

양파는 다져 넣었다.

다지면 매운 향이 강해진다.

이론으로 알던 것을 냄새로 확인하니 꿈만 같았다.

"식사 나왔습니다."

주방장이 직접 요리를 가지고 나왔다. 접시 위에 치즈가 뿌려졌다.

"그리멜 치즈?"

향을 맡은 강토가 물었다.

"아시는군요? 파르메산 치즈가 떨어졌어요."

"괜찮습니다. 오렌지 껍질의 향이 좀 약한 거 같은데 그리멜 치즈가 올라가니 음식 향이 좋아지네요."

"제 주방을 보셨나요?"

"아뇨."

"그런데 오렌지 껍질은 어떻게? 마침 남은 게 없어서 작은 조각을 썼는데……."

"냄새로 알았죠. 대신 올리브가 신선하니 나쁘지 않아요."

"올리브는 아침에 갓 짠 건데 그것까지?"

"잘 먹겠습니다."

인사를 하고 포크를 들었다.

강토가 먼저 먹은 건 요리의 향이었다.

전 같으면 어림도 없다. 지금까지 강토가 먹은 요리는 전부

시각과 미각의 차지였다. 후각은 낄 자리가 없었다. 기껏해야 죽지 않을 정도의 냄새 정도만 느꼈기 때문이었다.

그런데 오늘은.

새우의 고소한 냄새와 오징어의 풍후하고 진득한 향이 콧가에 그득하다.

꼴깍.

후각망울이 뇌를 향해 맛의 정보를 전하니 군침이 저절로 돈다. 눈으로 보던 것과는 또 다른 세계였다.

냄새를 모른다는 것.

그건 추억의 반을 내려놓는다는 것과 같았다. 냄새는 기억을 소환하는 능력도 가졌다. 더불어 당시의 감정까지 소환한다. 냄새는 감정을 주관하는 뇌의 편도에 작용한다. 뇌의 편도가 후각을 담당하던 기능에서 진화한 까닭이었다.

냄새에 대한 반응은 즉각적이다. 피할 수도 없다. 시각과 청각은 닫아 둘 수도 있지만 후각은 그럴 수가 없는 것이다.

눈으로 보고 입으로 먹고 코로 음미하니 이게 바로 진짜 식사였다. 세 살 이후, 처음으로 제대로 된 식사를 하는 강토였다.

좋았어.

식사를 마치고 그라스를 걸었다. 이제 그라스의 관광 명소 따위는 관심도 없었다. 강토의 관심은 블랑쉬의 기억이었다. 향수 노예(?)로 일한 그였다. 그래도 그가 전해 준 냄새 속에는 군데군데 그의 기억이 남았다.

제일 먼저 찾아간 곳은 그의 집터였다. 새집이 들어서면서 그의 흔적은 사라졌다.

"옛날에는 여기가 생선 손질하던 곳이었지."

한 주민의 증언이 블랑쉬의 기억을 인증해 주었다.

'여기다.'

강토의 발이 건물과 건물 사이에 멈췄다. 거기 벽을 기대고 앉아 눈을 감았다. 어린 블랑쉬가 뛰어나온다. 사방이 생선 비린내로 뒤덮인다. 블랑쉬는 얼굴 한 번 찡그리지 않는다. 때로는 엄마를 돕고 또 때로는 생선의 냄새를 맡는다. 어디선가 주워 온 장미 찌꺼기를 뭉치기도 한다. 밤이 되면 마른 장미 찌꺼기에 불을 붙이고 엄마를 위로한다.

엄마.

냄새 좋지?

고단한 엄마가 블랑쉬의 이마를 쓰다듬는다.

찌들고 비린 공간에 장미 향이 피어오른다. 삶에 지친 모자를 위로한다.

엄마가 잠들면 블랑쉬는.

낮에 가져온 나무 조각과 풀, 꽃의 냄새를 맡았다. 때로는 먹기도 했다. 블랑쉬는 이때 이미 구분하고 있었다. 먹어도 되는 냄새인지 혹은 아닌지.

어둠 속에서 블랑쉬의 눈이 반짝거린다. 하지만 진짜 반짝이는 건 그의 코였다.

냄새의 기억과 함께 강토는 전생의 여정을 따라갔다.

이것도 닮은 꼴이었다.

교통사고로 엄마 아빠를 한 번에 잃은 강토.

그 가슴에도 블랑쉬와 비슷한 아픔이 남아 있었다.

사라진 향은 향대로 기억하고.

아직 남은 향기는 확실하게 음미했다.

그 발길은 발렝솔의 라벤더 평원에 닿았다. 라벤더는 6월 말에 개화한다. 아직은 때가 일렀지만 상관없었다. 강토가 도착하기 무섭게 라벤더 향이 몰아쳐 왔다. 다른 사람은 몰라도 강토는 느꼈다. 라벤더 줄기와 라벤더의 잎, 그리고 오랜 시간 동안 그 땅의 흙에 물든 라벤더의 향들.

더없는 신선함에 코끝이 편안해진다. 만약 지금이 개화기인 6월 말이나 7월이었다면 향의 안개에 휩싸여 둥실 떠올랐을지도 몰랐다.

알람빅이 보인다.

블랑쉬는 증류부터 추출까지 못 하는 게 없었다. 알람빅으로 불리는 청동 증류기와 응결기가 세팅된다. 완전한 수작업이다. 청동 증류기 아래에 불을 피우고 라벤더를 집어넣는다. 증류기가 끓기 시작하면 증류액이 나오기 시작한다.

피렌체 병의 상층부에 형성된 두꺼운 기름띠가 중요하다. 아래쪽의 주둥이를 열고 내용물을 따라 내면 기름띠가 남는다. 이게 바로 꽃의 영혼으로 불리는 에센스였다.

그러나 이 과정은 중노동이었다. 밤을 새우는 날도 허다했다. 꽃의 영혼을 거두는 일이었기에 세심한 주의마저 요구되었다. 불의 세기는 물론이고 증기의 양도 조절해야 했다. 재료역시 고유의 성질에 따라 다뤄야 한다. 그럼에도 블랑쉬는 이과정을 즐겼다.

향수의 향은 데워서만 얻는 게 아니었다. 때로는 차게 해서얻기도 하고 유지를 이용하기도 했다. 사람마다 개성이 있듯꽃이나 식물도 그들 고유의 성격이 있었다.

좋은 향수를 만들기 위해서는 다른 할 일도 많았다. 재료를 잘 다루어야 했으니 좋은 유지를 찾는 법에 사향을 곱게갈아 내는 일, 용연향을 알코올에 녹이는 일 등을 배웠다.

전생과의 동화는 4일 내내 계속되었다. 그가 경험한 향들은강토의 것이 되었고 그의 공식 역시 강토의 것이 되었다. 강토의 흡입력은 가히 폭발적이었다. 눈을 가리고 살다가 뜬 느낌이었다. 도무지 거칠 것이 없었다.

그라스의 냄새에 적응되자 이제는 향수 박물관을 돌았다. 최신 향과 합성 향 분자를 경험하기 위해서였다. 거기서도 애로는 없었다. 현대에 이르러 천연 향의 합성 바람이 불었지만기원은 역시 천연 향이었다.

특급 향료 회사들의 합성향료 기술은 놀라웠다. 이제는 거의 모든 천연 향을 합성으로 해결하고 있었다. 그럼에도 그 차이는 또렷했다.

꽃이나 식물의 향은 복합적이다. 원인 물질이 있다지만 그것만으로 고유 향이 정해지는 건 아니었다. 블랑쉬는 그 차이를 알았다.

강토의 몸으로 왔다면 향수 박물관의 규모와 향수의 종류에 압도되었겠지만 블랑쉬와 함께 오고 보니 향수 박물관조차 작아 보였다.

박물관 섭렵을 마치고 돌아올 때였다. 그라스 최고의 향수 연구소로 불리는 '아스포'의 현관이 북적거렸다. 관광객을 뚫고 다가선 후에야 이유를 알았다. 교육생들의 공개수업이었다.

흰 가운을 입은 교육생들은 저마다 진지했다. 포스도 제법이다. 지보단만은 못하지만 아스포에 입학하는 것도 쉽지는 않은 까닭이었다.

"……?"

실험실 앞에 선 사람은 낯이 익었다. 장미 농장에서 보았던 스타니슬라스였다. 그는 20여 명의 교육생들에게 향조를 설명하고 있었다. 농장에서 가져온 것인지 테이블 옆에는 다양한 종류의 장미가 풍성했다.

향수 강의를 관광객에게 개방하는 것 역시 그라스의 이벤트였다. 그렇게 함으로써 향수에 대한 접근성을 높이고 자사의 홍보 기회로 삼는 것이다.

호기심에 명함 검색을 해 보았다.

'대박.'

결과를 본 강토가 혼자 고무되었다.

스타니슬라스는 일세를 풍미한 조향사였다. 현역 수석 부
사장으로 지금은 신향 물질 연구와 후진양성에 힘을 기울이
지만 전성기 때는 에르메스의 보석으로 불리는 조향사 '장 끌
로드 엘레나'에 필적하는 실력파였다. 그렇기에 유럽 조향계에
많은 인맥이 포진했고 그들의 신뢰 또한 절대적이었다.

"장미꽃입니다."

그런 스타니슬라스가 장미 한 송이를 집어 들었다.

장미와 스타니슬라스.

강토의 운명과 연결 고리가 되는 장면이었다.

*　　　　*　　　　*

"아시겠지만 장미는 술과 연관이 많은 꽃입니다. 신의 술
넥타르가 엎어진 땅에서 피었다는 말이 그렇고 술의 신 디오
니소스가 신의 포도주를 부어 그윽한 향기를 입혔다는 것이
그렇습니다."

"……"

교육생들이 집중한다. 열린 창 앞으로 다가선 강토도 함께
집중을 했다.

"아프로디테가 거품에서 태어날 때 같이 피어 나왔다는 말도 있지요. 그렇기에 장미는 우리 향수에 있어 재스민과 함께 향조의 쌍벽을 이루고 있습니다."

불어다. 여전히 자연스럽게 들린다.

"장미 향에 있는 여러 성분 중에서 가장 중요하게 꼽히는 성분은 무엇일까요?"

'페닐에틸알코올.'

강토가 먼저 중얼거렸다. 냄새에는 어리바리해도 유기화학과 조향 이론은 제대로 공부했었다.

"페닐에틸알코올입니다."

교육생들의 답은 강토의 생각보다 한발이 늦었다.

"좋습니다. 이 시간에 여러분이 할 일은 즉석 장미 향 제조입니다. 향수에 있어 장미는 사랑을 뜻하죠. 만드는 방법은 자유입니다. 자유롭게 만들어서 수업을 지켜보고 계신 분들에게 사랑의 순간을 선물해 주기 바랍니다."

스타니슬라스의 선언이 떨어지자 교육생들이 바빠지기 시작했다.

즉석 향수 만들어 선물하기.

그라스다운 발상이었다.

교육생들은 두 부류로 나뉘었다. 한 부류는 테이블 옆에 가득 쌓인 장미를 골랐다.

큼큼.

후각이 동원된다. 향이 진한 것을 고르는 것이다. 그런 다음 꽃잎을 따 플라스크에 넣고 끓인다.

또 다른 부류는 화학제법에 돌입했다.

'무수초산에 포름알데히드 반응…….'

강토의 머리도 함께 돌아갔다. 일명 Prins 반응이다. 그렇게 만들면 옅은 장미 향을 얻는다. 학교 실습시간에 해 보았지만 강토는 향을 맡을 수 없었다. 또 다른 제법으로는 '리모넨'을 사용할 수 있었다.

"우왓, 진짜 장미 향이 나."

그때.

학생들의 감격은 먼 우주 밖의 정서처럼 들렸다.

장미를 끓인 교육생들은 물을 따라 내고 꽃잎을 으깼다.

'바닐라에센스…….'

강토의 후각이 에센스 자리를 찾아간다. 실험대 위의 진열장에는 에센스가 셀 수도 없이 많았다. 그들이 고른 건 과연 바닐라에센스였다.

"와아."

마침내 장미 향이 피어나기 시작했다. 주변을 진동시킬 정도의 향은 아니지만 관광객을 홀리기에는 충분했다.

"그럼 오늘의 마무리 수업으로 갑니다."

스타니슬라스가 교육생들에게 블로터를 나눠 주었다. 그런 다음 네임을 적지 않은 향수병을 들어 향을 분사했다.

사아앗.

교육생들이 블로터를 흔든다. 서로의 기준은 다르지만 보통은 세 번이었다. 교육생들은 어느새 진지의 바다에 풍덩 입수를 했다. 관광객들이 지켜보니 더욱 고무가 되는 모양새였다.

"......"

강토도 함께 냄새를 맡았다. 거리가 있음에도 향을 파악하는 데는 전혀 문제가 없었다. 블랑쉬는 과연 후각의 능력자였다.

'미모사......'

제일 먼저 캐치된 것은 미모사 향이었다. 다음으로 헤나와 페퍼민트가 느껴졌다. 그 뒤로 향초와 창포 냄새가 들이친다. 주니퍼와 카시아, 건포도의 냄새도 섞여 있었다.

마음이 편안해진다.

알 수 없는 신이함도 느껴진다.

향수의 성분과 향으로 추론을 해 간다.

마음이 편해지고 신이함이 느껴지는 향수라면 무엇이 있을까? 향수 역사를 거슬러 올라가자 답이 고개를 내밀었다.

'카이피?'

강토 눈빛이 반짝 빛을 발했다. 이런 향조에 이런 향내라면 카이피일 확률이 높았다. 강토가 활자로 기억한 게 블랑쉬의 후각과 일치가 된 것이다.

카이피는 이집트의 향이다. 3,000년 전에 만든 연고에서 아직도 향이 난다고 할 정도로 신비한 향의 하나였다.

설마.

하지만 여기는 그라스였다. 강의를 맡은 조향사는 한때의 전설이었다.

그렇다면 유사품 정도는 얼마든지 나올 수 있었다.

피가 뜨거워진다.

격한 설렘이다.

이게 이렇게 매칭이 되다니…….

"이 향수 안에는 20가지 이상의 재료가 들어갔습니다. 다 맞힌 사람에게는 오늘 실습 보고서 면제와 함께 내 전용 향수 오르간 하루 이용권의 특전을 드리겠습니다."

스타니슬라스의 전용 향수 오르간 개방.

강토 귀가 번쩍 뚫리는 말이었다.

그러나 쉬운 일이 아니었다.

인간의 후각은 어디까지 냄새를 맡을 수 있을까?

인간은 1조 개의 냄새를 맡을 수 있다고 한다.

강토의 이론이 줄을 서기 시작한다.

냄새 분자는 대부분 탄소, 수소, 산소, 질소, 황으로 이루어진다. 그중에서도 향은 보통 7종류를 기본으로 삼는다.

사향.

꽃 향.

장뇌 향.

자극 향.

부패 향.

에테르 향.

페파민트 향.

후각 능력은 여자가 남자보다 민감하다. 나이로는 20세부터 40세 사이에 향을 맡는 능력이 정점을 이룬다.

조향 교육생들은 보통 300개 이상의 향을 구분해 내는 훈련을 받는다. 나름 후각이 우수한 학생들이라지만 다 맞힐 수 있을까?

"10분 드리겠습니다."

스타니슬라스가 기준을 던져 놓았다. 교육생들은 필사적이다. 블로터를 세 번 맡는 사람도 있고 다섯 번 맡는 사람도 있었다. 그야말로 코를 박고 킁킁거리는 '코박킁'이다. 이럴 때의 10분은 번개가 지나가는 시간이다. 결국 타이머가 울려 버린다.

"마감합니다. 자신의 답안을 제출하세요."

스타니슬라스는 단호했다.

"아하."

답에서 멀어진 교육생들의 한숨 소리가 높아졌다. 교육생들 절반은 10개 이상의 향을 적지 못했다. 열다섯을 넘어간 교육생이 둘이었지만 틀린 답이 두 개였다. 스무 개를 적은 이탈리아 교육생 아네스는 아쉽게도 하나를 틀렸다.

"아네스, 나쁘지 않습니다."

스타니슬라스는 흡족했다. 그 정도면 수준급이라는 뜻이었다.

"열아홉 개를 맞힌 아네스에게 한나절 사용권을 드리겠습니다."

스타니슬라스가 은전을 베풀 때 강토 손이 올라갔다.

"저기요."

난데없는 불어 한마디가 실험실 풍경을 바꿔 놓았다. 관광객을 위시해 모두가 강토를 주목했다.

"⋯⋯?"

스타니슬라스의 시선도 강토에게서 멈췄다. 강토를 기억하는 눈치였다.

"뭐죠?"

그가 물었다.

"교육생이 아니더라도 참가할 수 있을까요?"

"당신?"

"예."

"하하핫."

강토의 대답과 동시에 실험실에 웃음이 터졌다. 3년 과정의 끝에 다다른 교육생들이었다. 그들도 엄두를 내지 못한 답이었다. 그런데 관광객, 게다가 동양인⋯⋯.

강토는 그들이 웃는 의미를 알고 있었다.

조향의 세계.

향기 하나로 부와 명예를 거머쥐는 이 분야에, 빛나는 동양인 조향사는 아직도 희귀한 존재에 속했다.

"맞힐 자신이 있는 겁니까?"

다행히 스타니슬라스만은 강토를 무시하지 않았다. 장미의 기억이 가시지 않은 모양이었다.

"네."

"좋아요. 블로터를 드리죠."

"블로터는 괜찮습니다. 향은 이미 맡았습니다."

"향을 맡았다고요?"

"예, 아까 다른 분들 블로터에 분사하실 때……."

"이봐요."

"답도 이미 적었습니다만."

"답까지?"

"제가 맞혀도 선생님 향수 오르간을 구경할 수 있을까요? 하루는 필요 없고 한 시간만 되어도 좋겠습니다."

"……."

"……."

"약속하죠. 답을 맞히기만 한다면."

"……."

메모를 받아 든 스타니슬라스의 눈에 불벼락이 쳤다. 교육생들은 숨을 죽였다. 수석 조향사가 보기 드문 반응을 보인 까닭이었다.

'이것……'

스타니슬라스의 등골이 오싹해졌다. 이마에는 서늘한 땀까지 맺혔다. 그는 벌써 세 번째 메모를 다시 읽고 있었다.

'미모사, 페퍼민트, 카시아, 주니퍼, 헤나, 향초, 창포, 송진……'

그의 시선은 22번째에 적힌 '레드와인'에서 멈췄다. 강토가 적어 낸 향수의 재료는 정확하게 스물두 가지였다.

문제는 가짓수가 아니었다. 열아홉 가지 향을 맞힌 아네스를 바라보았다. 이번 교육생 중에서 가장 주목하는 학생이었다. 이탈리아에서 유기화학을 전공하고 화장품 연구소에 재직한 스펙이었다. 심화된 조향 교육을 위해 참가한 그녀는 모든 면에서 우수했다.

그녀가 틀린 것은 사향이었다. 미모사와 장미에는 사향을 닮은 향이 들어 있다. 큰 실수가 아니었다. 그건 노련한 조향사도 실수할 수 있는 일이었다.

그런데.

스타니슬라스의 시선이 강토에게 향한다.

차이니스인지 재패니스인지 그도 아니면 코리안인지…….

장미 농장에서의 일은 우연이 아닌 모양이었다. 아니, 그건 어쩌면 이 사람에게 너무 쉬운 일이었을지도 모른다. 그렇지 않고서야 이런 답을 내놓을 수가 없었다.

"미안하지만……."

스타니슬라스의 목소리는 떨리고 있었다.

"혹시 이 향의 타이틀도 알고 있나요?"

그의 시선이 먼저 강토에게 고정되었다.

강토도 피하지 않는다.

"카이피인 것 같습니다."

강토의 답이 나왔다.

"카이피? 그게 뭐야?"

교육생들이 술렁거린다. 표정이 굳는 건 아네스와 몇몇 교육생이다. 그들은 그 이름을 들어 본 적이 있었다.

"카이피?"

스타니슬라스의 시선이 과격하게 구겨졌다.

"틀렸습니까?"

"……."

잠시 침묵하던 스타니슬라스가 겨우 입을 열었다.

"아뇨. 정확하게 맞았습니다."

"……?"

이번에는 교육생들의 눈빛이 출렁거렸다. 있을 수 없는 일이 일어난 것이다.

"기가 막히군요. 이건 내가 자료를 보고 만든 스타니슬라스타입의 카이피입니다. 지금까지 이걸 제대로 맞힌 사람은 당신이 유일하고요."

"영광입니다."

"장미도 그렇고 이 일도 그렇고… 정말 조향에 종사하는 사람이 아닙니까?"

"아직은요."

"그렇다면 이 향도 한번 감별해 보겠습니까? 이 어코드에는 열 가지 향이 들었습니다. 그게 어떤 것인지, 그들의 주제는 무엇인지."

스타니슬라스가 다른 향수를 들어 보였다.

향조에 더한 주제 도출.

한층 진보된 문제가 나왔다.

"해 보죠."

대답과 함께 시향지에 향수가 뿌려졌다.

치익.

안개보다 고운 미스트가 보였다. 대다수 향수는 시원하다. 알코올 때문이다. 그 미스트에 달라붙은 냄새의 분자가 보였다. 분자량 따위는 상관없었다. 화학은 과학이다. 그러나 향수는 과학이 아니다. 냄새가 과학이 아니듯이.

"읍쓰."

가까운 곳의 교육생들부터 코를 찡그린다. 아름다운 향이 아니었다. 그러나 향수의 세계에서 섣부른 판단은 금물이었다. 모든 향에 마법의 힘을 플러스 시켜 주는 용연향 역시 대충 맡으면 악취에 불과했다.

"죄송하지만 병을 좀 볼 수 있을까요?"

강토의 요청이 나왔다. 스타니슬라스가 병을 넘겨주었다. 병은 강토의 손바닥 위에 올라갔다. 그 위에서 가볍게 흔들린다. 향이 공기를 따라 나왔다. 강토의 후각은 그 순간을 놓치지 않았다. 기체색층분석기에 들어온 시료를 분석하듯 향에 섞인 성분들을 구분해 버린 것이다.

모두의 냄새는 달랐다.

부조화다.

아름답지도 않으니 향수를 목적으로 만든 향도 아니었다.

하나씩 떼어 놓고 공통점을 찾아 나갔다.

전체적으로 모두가 불쾌한 향들.

문제는 재스민이었다.

네가 왜 여기서 나와?

그런 생각이 든 것이다.

덕분에 재확인에 들어간 것이다.

'재스민⋯⋯.'

뇌의 변연계과 대뇌피질에서 강토의 이론 지식과 블랑쉬의 후각 경험치가 만났다. 재스민에 집중한다. 이 안에도 불쾌한 향은 있었다.

그렇다면⋯⋯.

답의 꼬리를 잡았다.

"이 어코드의 주제는 악취입니다."

강토의 답이 주저 없이 이어진다.

"어코드는 사향고양이를 시작으로 스카톨, 인돌, 라다넘 고무, 오크나무 이끼, 자작나무 진, 삼나무……."

"……."

강토의 거침없는 답변에 스타니슬라스는 말을 잃었다.

이건 이번 교육생들의 마지막 테스트를 위해 준비한 고난도 문제였다. 그것들을 단 하나도 놓치지 않고 잡아낸 것이다.

짝짝.

스타니슬라스가 박수로 답했다.

짝짝짝.

교육생들도 그 뒤를 잇는다. 박수를 모르는 스타니슬라스에게 나온 박수였으니 이유를 달지 않았다.

짝짝짝짝.

강토 옆의 관광객들도 뜨거운 박수로 동참을 했다.

아스포 수석 부사장이자 최고 조향사의 향수 오르간 체험은 이렇게 성사가 되었다.

*　　　*　　　*

"마셔요."

자기 방으로 자리를 옮긴 스타니슬라스가 커피를 권했다.

'장미 향……'

모락거리는 커피에서 장미 냄새가 났다. 신선한 것을 보니 오늘 아침에 받은 향이었다.

"아침 장미 향을 더하셨군요?"

강토가 웃었다.

"또 뭐가 있나요?"

스타니슬라스가 호기심을 보인다.

"포도 냄새도 납니다."

"아핫, 이것 참……"

그가 못 당하겠다는 듯 고개를 저었다.

"정말 조향사가 아니라는 거죠?"

한 번 더 확인에 들어가는 스타니슬라스.

"아직은요."

"향을 다뤄 본 적은 있죠?"

"그런 거 같습니다."

강토의 대답은 중간 지점에 있었다. 블랑쉬는 당대의 조향 사였다. 그러나 그는 이름을 남기지 않았다. 그가 남긴 향수의 명성은 전부 알랑이 가로챘으니까.

"옛날 향수가 많군요."

강토의 시선이 진열장으로 돌아갔다. 그 안에 고전 향수가 빼곡했다.

"그라스의 작은 향수 박물관입니다. 제가 여기 출신이라 여기서 난 향수만큼은 다 모으고 있어요."

"구경을 해도 될까요?"

"그러시죠."

스타니슬라스의 허락을 받고 일어섰다.

어림잡아도 500종 이상의 향수였다. 유리병을 시작으로 대리석, 고무로 된 병까지 다양했다. 지켜보는 스타니슬라스는 묘한 설렘을 느꼈다. 인간 기체색층분석기에 못지않은 능력을 지닌 이 동양인. 과연 어떤 향수에 관심을 보일 것인가?

하지만.

강토의 눈은 지그시 감겨 있었다.

향수병에 조각된 시그니처나 명인의 상징, 타이틀 같은 건 보지도 않는다. 강토의 후각이 탐색하는 건 단 하나였다.

블랑쉬의 향수, 그가 쓰는 향수의 공식, 즉 그만의 색이 묻어나는 포뮬러…….

과연.

이 진열장 안에 그의 작품이 있을까?

후웁.

장식장 안에 가득 찬 냄새 분자들을 모조리 빨아들였다. 냄새들이 후각세포와 후각망울을 지나 변연계와 대뇌피질로 달려간다.

블랑쉬.

강토의 호흡은 세 번으로 끝났다. 아쉽게도 블랑쉬의 냄새는 없었다.

"잘 봤습니다."

강토가 돌아섰다. 미련도 없었다.

"......!"

스타니슬라스의 시선이 굳어 버렸다. 무엇이라도 시향을 할 줄 알았다. 그런데 그렇지 않았다. 그게 스타니슬라스에게 이유 없는 불안을 던져 주었다.

누구의 호기심도 예외가 없던 작은 향수 박물관.

그렇다고 향수에 문외한도 아닌 동양인.

이자의 정체는 대체 뭐란 말인가?

"조향실로 갈까요?"

스타니슬라스가 일어섰다. 강토가 그 뒤를 따랐다.

조향실이 가까워지자 온갖 향수의 분자들이 다양하고 농밀해지기 시작했다.

푸헤—취.

결국 기침을 터뜨리고 말았다. 익숙한 냄새부터 난생처음 맡는 냄새까지 들이치니 견딜 수 없었다. 그러나 그것조차 기쁨이었다. 블랑쉬에게서 받은 천재적 냄새의 세계는 유효했다. 이토록 민감하게.

스룽.

문은 저절로 열렸다.

순간 강토의 시선이 정지되었다.

사진이나 유튜브에서 보던 그 풍경이었다.

유럽의 조향사들, 그중에서도 특급 조향사들의 조향 작업 테이블. 향수 오르간으로도 불리는 그것. 향의 제국을 이루려는 듯 셀 수도 없는 종류의 향료들이 알파벳에 따라 차곡차곡 줄을 선 것이다. 신향 연구자답게 어림잡아도 800−1,000여 개를 헤아릴 듯싶었다.

그 앞의 벽에는 지보단 수료증도 걸렸다. 벌써 수십 년이 되었으니 해묵은 냄새가 났다. 그리고… 그 벽에 나란한 할리우드 여배우들의 사진… 그녀들이 들고 있는 향수는 아마도 스타니슬라스의 작품으로 보였다.

"앉으세요. 앞으로 1시간, 이 향수 오르간은 오직 당신의 것입니다."

스타니슬라스가 의자를 권했다.

주저하지 않고 앉았다. 각종 오일과 에센스, 바로 쓸 수 있는 콘센트레이트 등에 홀린 까닭이었다. 에센스들은 삼중 사중의 방호막을 두른 핵물질처럼 견고한 병 속에 있었다. 그럼에도 향 분자가 흘러나온다. 그 향들이 오케스트라를 이뤄 너울거린다. 정말이지 강토는, 향료와 함께 춤이라도 추고 싶었다.

최고의 전문가답게 블로터도 여러 종류였다. 귀여운 막대기 스타일도 있고 풍부한 향을 즐기기 위한 세라믹 블로터도 있었다.

각종 스포이트와 색연필, 전자저울, 각종 실험 기구들… 그 옆으로는 스타니슬라스의 영감을 적은 연상 노트와 향 스케치, 분자식도 보였다.

오일과 에센스, 콘센트레이트는 계열별로 놓였다. 플로럴 계열이 앞줄이고 다음으로 시트러스 계열이다. 그 위로 구르망에 우디, 오리엔탈 등이 있고 스파이시와 머스크 등도 빼곡하다.

프로페셔널의 향수 오르간.

상상만 해도 설렘을 주던 그 자리.

사진이나 영상이 아니라 진짜 전문가가 쓰는 도구와 의자…….

살짝 기가 죽는다.

순간.

블랑쉬의 목소리가 우뚝, 내면에서 걸어 나왔다.

「노트는 허상, 단지 좋은 향을 만들기 위한 기준일 뿐이야.」

그 말이 뜨거운 위로가 되었다.

호흡을 가다듬은 강토 손이 움직이기 시작했다. 천연향료는 손대지 않았다. 그것들은 이미 블랑쉬가 알고 있었다. 아니, 블랑쉬의 기준에서는 우수한 향도 아니었다.

'제비꽃.'

첫 손에 닿은 건 메틸이오논이었다. 이오논의 사이클로헥센

고리에 메틸기 1개를 치환하면 α—irone이 된다. 제비꽃 향으로 유명하다. 이게 바로 이오논 화합물이다.

'아.'

천국이 열리기 시작했다. 교수가 내준 화합물을 받아 들고도 냄새를 제대로 맡지 못했던 강토였다. 하지만 오늘은 달랐다. 제비꽃 향은 물론이고 자연 향과의 비교도 가능했다. 블랑쉬의 후각 덕분이었다.

메틸이오논은 제비꽃 향이지만 자연 향에 미치지 못했다. 하지만 어떤 이오논은 실제 제비꽃보다도 향이 더 좋았다.

"……!"

처음부터 강토의 모골이 송연하게 일어선다.

후맹에 가깝던 내가 이런 정밀 분석이 가능하다니?

이오논은 장미와도 관련이 된다. 다마세논과 α—다마스콘이 관련 물질이다. 장미 오일의 주요 성분인 것이다.

다음은 재스민 향이었다.

벤즈알데히드와 헵틸알데히드에서 생성된 α—아밀시나믹알데히드다.

베타 쪽 합성 향도 있었다. 여기서도 장미 향을 만들 수 있다. β—페닐에틸 알코올은 벤젠에서 합성이 가능했다.

라일락과 히아신스 향도 이 줄에 있었다. 페닐아세트알데히드가 그것이다.

강토 손은 쉴 새도 없었다. 이론만 체크하고 넘어갔던 합성 향들. 그 반쪽짜리 공부를 완성시키는 순간이었으니 진리의 각성과 다르지 않았다. 한마디로 대박이었다.

이제는 머스크 향 화합물이다.

사향 사슴이나 사향고양이, 비버 등으로부터 얻던 향은 금지되었다. 그렇기에 다양한 머스크 향은 거의가 합성 향들이었다.

머스크향은 대개 4가지 구조로 배운다. 니트로벤젠 계열을 필두로 인단 계열, 테트라히드로나프탈렌 계열, 대환상 계열로 나뉜다. 이들 4가지 중에서 대환상 머스크가 천연 머스크 향에 가깝다. 14—19개의 탄소 구조를 가진다.

정말 그럴까?

다시 후각이 출동했다.

블랑쉬는 자연 머스크 향의 모든 것을 알고 있었다. 그중에서도 사향이었다. 블랑쉬가 경험한 사향은 사향노루에게서만오는 게 아니었다. 식물에도 사향 성분이 있었다.

너트메그가 그중 하나였다. 자두와 비슷한 열매를 맺는 이상록수에 사향 성분이 들어 있다. 안젤리카 식물의 뿌리에도 있고 앰브렛의 씨에도 사향을 닮은 향이 있다.

당시의 기준으로는 굉장한 사건이었다. 현재는 향료 화학의발달로 누구나 아는 일이지만 당시의 조향사들은 그렇지 않았다.

이 모든 것은 천재적인 후각 때문에 가능했다. 냄새 분자속의 냄새까지 놓치지 않던 블랑쉬는 인간 후각의 궁극에 이른 만렙이었다.

강토의 판단은 블랑쉬 쪽으로 기울었다. 대환상 머스크의 향이 우수하다고 해도 천연 사향의 퀄리티를 당할 수는 없었다.

백단 향의 트랜스—이소캠필과 호두 향의 알킬—5H—사이클로펜타피라딘, 박하 향의 카르본, 우디 향의 케톤체…….

향기의 제국은 광활했다. 강토는 쉬지도 않고 질주했다. 끝이 없다고 해도, 다시 돌아오지 못한다고 해도 가고 싶은 길이었다.

천연 향의 천재에게 선보이는 실험실에서 창조된 향들.

과거와 현재가 만난다.

진짜와 '가짜 진짜'가 비교 입력 된다.

후각이 열리니 이론까지 제대로 빛을 발한다. 시너지가 생기는 것이다.

"굉장한 몰입이군요?"

시간 가는 줄도 몰랐다. 보다 못한 스타니슬라스가 돌아왔을 때는 이미 2시간이 지난 후였다.

"죄송합니다."

그제야 겨우 시계를 보는 강토였다.

"밖에서 보니 나보다 더 그 자리의 주인처럼 보였습니다."

"아닙니다. 귀한 향료가 많아서……."

"그런데 관심 향료가 전부 합성 향 쪽이로군요?"

스타니슬라스의 시선이 블로터에 닿았다. 그 역시 냄새만으로 강토가 열어 본 향료들을 알았다.

"천연 향은 자연에서 경험할 수 있으니까요."

"합리적인 판단이군요. 다른 데서 경험할 수 없는 향을 체험한다?"

"예……."

"하지만 정확하게 합성향료 병만 골라냈어요. 원료명을 보는 것도 아니던데 어떻게 설명이 될까요?"

"냄새가 제 손을 당겼습니다."

"역시 후각?"

"예."

"이것 참……."

"좋은 경험 하게 해 주셔서 감사합니다."

"잠깐만요."

일어서는 강토를 스타니슬라스가 세웠다.

"내가 최근에 수집한 골동 향수가 몇 개 있는데 곧 기체색층분석을 의뢰할 생각입니다. 그 전에 한번 연대의 줄을 세워 보지 않겠어요? 당신 후각이라면 가능할 것도 같군요."

"골동 향수라고요?"

"저쪽 개울 옆에 새로운 향수 연구소가 들어섰어요. 거기 지반을 파다가 나온 건데 그 장소가 원래 향수 작업장들이 있던 곳이라고 해요. 어때요?"

"기꺼이."

강토가 응했다. 어쩌면 블랑쉬의 작품을 만날 것도 같았던 작은 향수 박물관. 그 아쉬움이 남은 까닭이었다.

스타니슬라스가 냉암소의 문을 열었다. 향수는 빛에 불안정하다. 전문가답게 향수 저장소가 따로 있었다. 작은 알루미늄 상자가 열리니 여섯 개의 향수병이 나왔다. 알루미늄은 빛을 제대로 차단한다. 전문가들의 선택을 받는 재료들은 다 이유가 있었다. 세 향수병은 홈 때가 진하고 장식에 녹물까지 엉겼다. 녹 냄새만으로도 얼마나 오래되었는지 알 것 같았다.

하지만 하나는 새 병이었다.

"이 향부터 맡아 보세요."

스타니슬라스의 강추는 새 병이었다.

강토의 후각이 분자 포집을 시작했다.

'계피?'

후각세포로 들어온 냄새 분자를 대뇌가 번역을 해냈다. 향조로 말하자면 쿠마린이었다. 쿠마린의 향은 인상적으로 달콤하다고 한다. 강토가 몰랐던 그 향… 이제는 후각 캔버스에 선명하게 그려졌다.

달달하면서도 허브처럼 따뜻하고 살짝 스파이시하면서 건초와 견과류, 담배 향까지 풍기는… 한마디로 기분 좋게 코를 쪼는 달달 따뜻한 향… 물론 단점도 있기는 하다. 알러지 유발 성분이 그것이었다.

짜릿함을 생각하니 너트메그 향이 떠올랐다. 그 또한 짜릿한 첫인상으로는 빠지지 않는 향료였다.

에스테르가 냄새의 수채화라면 쿠마린이 속하는 락톤은 파스텔화라고 할 수 있다. 그렇기에 쿠마린은 향료 중에서 가장 사랑스러운 냄새로도 잘 알려져 있다. 할아버지가 캔버스로 쓰는 벨벳처럼 부드럽고 파운더리한 이 향은 주체하기 어려울 정도로 애정스러운 것이다.

그 사랑스러운 냄새 분자를 이제야 제대로 경험하는 강토였다.

그것만 있는 것이 아니다. 라벤더도 있고 참나무 이끼인 오크모스도 있다. 그 꿉꿉한 향과 쌉싸름한 향조가 젖은 숲의 풍경을 불러온다.

그래서 더 청아하고 간결하다.

집중하다 보니 마음도 평안해진다. 합성 향을 기막히게 매칭시킨 것이다.

쿠마린의 전설.

이제는 강토의 소프트웨어가 이론 기억을 소환한다.

폴 파르케의 푸제아 로얄.

답의 꼬리를 잡아냈다.

한국이라면 이런 생각이 들지 않았을 것이다. 그만큼 푸제아 로얄은 희귀했다. 프랑스에서도 오직 오스모테끄 향수 박물관에만 존재한다. 일반인에게는 개방하지도 않는다.

쿠마린을 이런 예술의 경지로 끌어올리는 건 푸제아 로얄

뿐이다. 하지만 이 향수는 향의 숙성이 깊지 않았다.

그 답은 스타니슬라스가 될 수 있었다. 그 역시 프랑스 조향계에 한 획을 그은 사람이다. 그러면 푸제아 로얄을 접했을 수 있었다. 그 향의 복원을 시도했을 수도 있었다.

"뭔지 알겠습니까?"

그의 재촉은 아주 조심스러웠다. 동시에 긴장하고 있었다.

계피 향이네요.

쿠마린을 쓴 것 같습니다. 라벤더와 오크모스 등도 있네요.

쿠마린을 이 정도 수준으로 승화시킨 향수라면 푸제아 로얄일 텐데, 숙성이 약하고… 제가 그 향을 맡아 보지 못해 단언하지는 못합니다.

어쩌면 푸제아 로얄의 복원품일지도…….

"억."

강토의 설명을 듣던 스타니슬라스가 휘청거렸다. 그는 작은 냉장고에서 물병을 꺼내더니 미친 듯이 들이마셨다.

"방금 뭐라고 했습니까?"

겨우 숨을 고른 그가 다시 물었다.

제3장

—

후각 회복

"푸제아 로얄… 책에서 그 향의 묘사를 읽은 적이 있거든
요. 짜릿한 첫인상으로 다가오는 개성 만점의 독특함… 이후
에 평온해지는 마음……."

"오오."

"맞았습니까?"

"맞다마다요. 푸제아 로얄의 복원을 시도한 향수가 맞습니
다. 내가 그 향을 세 번이나 맡았거든요. 아직 알코올 숙성이
덜 끝난 것인데 그것까지 짚어 내다니……."

스타니슬라스가 다른 상자를 열었다. 그 안에 든 건 블로터
였다. 그중 하나를 집어 강토에게 주었다.

"오스모테끄에서 받아 온 겁니다. 진짜 푸제아 로얄이에요. 몇 달도 넘게 지속되는 향이니 아직도 냄새가 조금은 남아 있을 겁니다."

그는 흥분 상태였다. 이 순간만은 조향의 거장이 아니라 들뜬 아이처럼 보였다.

흐음.

후각세포를 끝까지 열었다. 냄새의 농도로 보아 6개월은 된 것 같았다. 그런데도 향조가 비교적 선명했다. 명작이 명작으로 불리는 데는 이유가 있는 것이다.

푸제아 로얄.

향수의 바이블 중의 하나.

합성 향수의 위대한 지평.

이것 한 병만 구하면 소원이 없겠다는 전설을 낳은 명작.

수많은 미사여구를 뒤로하고 향에만 집중했다.

좋다.

그 말이 해마 속으로 날아갔다. 이건 지금도, 아니, 앞으로도 쉽게 누릴 수 없는 기회였다.

톱노트와 하트노트, 베이스노트를 생각한다. 노트와 어코드라는 명칭들은 음악에서 왔다. 향수 역시 각각의 향조에 역할을 부여한다.

메인 화음은 베이스다. 여기서 말하는 '베이스'는 베이스노트와는 다르다. 향수의 근본 기둥인 것이다. 베이스는 휘발성이 낮은 향조들이 사용된다. 플로랄이 흔하고 우디도 단골이다. 또 중요한 것이 음악처럼 전체의 조화다. 이 역할이 중요하다. 향들이 제각각 튀어 버리면 제아무리 좋은 향도 불쾌함에 지나지 않기 때문이다.

쿠마린은 이 두 가지 역할을 다 해내고 있는 것 같았다.

핵심 기둥이면서 조화의 메신저였다.

"숙성만 빼면……."

숨을 고른 강토가 운을 떼고 나왔다. 스타니슬라스의 시선은 여전히 강토에게 꽂혀 있었다.

"거의 유사한 것 같습니다."

"거의?"

"죄송합니다."

"어떤 면이 그렇죠?"

"말씀드려도 되겠습니까?"

"물론이죠."

"제 생각에는 오크모스 쪽 같습니다. 이 농도가 적게 들어간 것 같은데 두 배의 농도로 올리면 짜릿한 향조가 보완될 것 같습니다."

"……."

"그럼 다음 향을 봐도 될까요?"

"그, 그러세요."

스타니슬라스가 자리를 비켜 주었다. 강토는 기다렸다는

듯이 중간의 향수병을 집어 들었다. 아까부터 눈여겨보던 그 병이었다.

이 작품…….

느낌이 제대로 왔다.

바로 블랑쉬의 작품이었다.

악독한 조향사 알랑에게 첫 번째로 부를 안겨준 히트작이었다. 기본은 오렌지와 로즈마리 에센스였다. 이 작품으로 알랑은 그라스의 특급 조향사 반열에 등극했었다.

200여 년.

긴 시간을 건너오긴 했지만 그 향을 잊을 리 없었다.

상큼하다. 세월 덕분에 신선함과 풍성함은 약간 사라졌지만 활기는 그대로였다. 궁극의 시트러스 향이 아닐 수 없었다.

역시 블랑쉬.

존경심이 솟구쳤다.

푸제아 로얄의 감격과는 또 달랐다. 그 향수는 향수의 역사에 한 획을 그은 작품이다. 그러나 향수 자체의 감격은 블랑쉬 쪽이었다. 그의 향수에는 깊은 위로와 환희, 그리고 몽환이 담겨 있다. 이 작품도 마찬가지였다.

나머지 향 역시 블랑쉬 시대의 것들이었다.

"170—190여 년 전의 향수들입니다. 이게 가장 오래되었고, 향은 이게 가장 훌륭한 것 같습니다."

강토가 줄을 세워 주었다. 훌륭하다고 말한 향은 블랑쉬의 것이었다. 물론 스타니슬라스의 복원품은 예외로 했다.

"제 생각과 같군요. 저도 이 향이 인상적이었습니다만 조향사를 알 수 있는 단서가 없어 아쉬웠습니다."

알랑 클레멘트.

그 말은 하지 않았다.

향수병에 상징이 없는 건 첫 히트작이기 때문이었다. 알랑이 향수병에 자신의 상징을 새기기 시작한 건 두 번째 히트작부터였다.

"이게 그 아쉬움을 달래 줄 수 있을지 모르겠습니다."

강토가 삼나무 향수병을 꺼내 놓았다. 푸제아 로얄의 진품 향을 맡게 해 준 데 대한 보답이었다.

"시더우드 병 아닙니까?"

"제가 며칠 전에 찾은 그라스의 골동 향수입니다."

강토가 블로터에 향을 뿌렸다.

살랑.

시향을 한 스타니슬라스의 오감이 멈춰 버렸다.

아아아아.

그의 오감이 미친 듯이 흔들린다.

"제 생각에는 저 병과 같은 조향사가 만든 것 같습니다만."

강토의 친절한 설명조차 가물거릴 정도였다.

"......?"

스타니슬라스의 눈가에 맺힌 파문은 점점 더 너울이 커진다. 명작이다. 동시에 낯익은 듯한 포뮬러였다. 그러나 찰나의 생각이었다. 확실하지 않기에 조심하던 말이 강토 입에서 나온 것이다.

"그러고 보니 향조의 포뮬러가 닮았습니다. 당신 말이 맞을지도 모르겠군요."

당연히 맞죠.

그걸 만든 조향사가 내 안에 있으니까요.

머릿속에 들어온 생각은 향 속에 풀어 버렸다. 궁극의 조화를 이룬 명작 향수의 향처럼 말 몇 마디로 설명될 일이 아니었다.

"맙소사, 이런 우연이……."

스타니슬라스는 아직도 그 블로터에 코를 박고 있었다.

그가 원하므로 삼나무 향수를 미량 덜어 주었다. 그로부터 얻은 게 많았으니 아깝지 않았다.

"허락하신다면 당신의 책상에서 사진 한 장 찍을 수 있을까요?"

강토가 물었다.

"나도 끼워 주신다면 허락하죠."

"우와, 그거야 무조건 환영이죠."

찰칵.

셀카 셔터를 눌렀다. 강토 핸드폰 파일에 스타니슬라스와 그의 조향실이 저장되었다.

"당신, 이름을 물어도 될까요?"

조향실을 나올 때 스타니슬라스가 말했다.

"강토, 윤강토입니다."

"윤강토……."

혼자 남은 스타니슬라스는 오래오래 중얼거렸다.

그라스에서의 마지막은 알람빅과 함께했다. 알람빅은 처음이 아니다. 알람빅 증류기로 알려졌지만 알람빅이라는 말 자체가 불어로 증류기였다.

그렇잖아도 신기하던 알람빅은 블랑쉬의 이름과 함께 더 친숙해졌다. 그가 향기를 응축해 내던 알람빅. 어쩌면 저 장미와 오렌지꽃, 재스민과 히아신스 꽃밭에서 무수한 밤낮을 보냈을 블랑쉬. 알람빅을 볼 때마다 불을 때고 향을 추출해 내는 그가 눈에 선했다.

꿈같은 1주일.

천지가 개벽한 그 일주일.

강토는 블랑쉬가 이룬 향의 제국을 고스란히 접수했고 그 위에 현대 과학의 냄새 분자까지 올려놓았다. 자동차와 컴퓨터, 비행기, 현대식 건물 등이 그것이었다. 심지어는 스마트폰과 이어폰 냄새도…….

꽃밭에 서면 꽃향기에, 거리에 서면 현대의 기계와 첨단의 향을, 향수 상점을 지나면 합성향료를… 잠자는 시간 외에는 냄새 분자와 함께했다.

마무리는 서점이었다. 향료의 바이블로 불리는 불어 전문 서적 두 권을 샀다.

1) Perfume and flaver chemicals.

2) Perfume and flaver materials.

주르륵 넘기는 것만으로도 이해가 되었다. 대박이다. 블랑 쉬의 향료 지식은 그 정도로 탁월했다. 불어를 몰라 살 엄두 가 나지 않았던 책들. 읽다 보니 없어도 될 것 같지만 전리 품(?)으로 가져가기로 했다.

책에 덧붙인 건 유화물감이었다. 큰마음 먹은 선물용이다. 가격 부담이 되지만 눈 딱 감고 질러 버렸다.

Crimson Lake, Chinese Red, Vermilion, Permanent Yellow Orange… Viridian, Burnt Umber, Zinc White…….

24가지 색이었다. 서양화가인 할아버지와 자란 덕분에 물감 이름은 여섯 살이 되기도 전에 다 외운 강토였다.

블랑쉬의 선물은 싸고 또 싸서 수하물로 보냈다. 귀한 용연 향과 사향, 여섯 에센스들이 문제가 될까 걱정했지만 무사히 넘어갔다.

면세점에서 립스틱을 하나 골랐다. 할아버지의 청탁이었다. 계산을 하려다 마음이 변했다. 두 개를 더 골랐다.

[할아버지, 지금 무사히 탑승. 한국에서 봐요.]

문자를 보내고 탑승을 했다.

기내에 가득한 복숭아 향 분자가 강토를 맞았다. 올 때는 이 냄새를 잘 몰랐다. 하지만 이제는 명쾌했다. 항공사가 서비스로 뿌려 놓은 방향제의 정체는 에스테르와 섞인 락톤이었다.

"승객 여러분, 저는 여러분을 한국의 인천국제공항까지 모셔 갈 기장 레이먼드입니다……."

안내 방송이 끝나면서 비행기가 이륙을 했다.

창밖으로 파리가 멀어진다. 저만치 그라스도 보일 듯하다.

후맹에 가깝던 강토.

조향사의 꿈을 접기 전에 날아왔던 프랑스.

여기서 상황이 180도 변했다.

강토 모습은.

올 때와는 완전히 다른 모습이었다.

완전히.

후읍.

인천공항에 내리자 잠시 멈춰 깊은 호흡을 쉬었다.

헤이, 전생 블랑쉬.

잘 기억해 둬.

이게 내가 사는 나라의 냄새야.

알았지?

가슴에 깊은 속삭임을 두고 공항버스에 올랐다.

뿍.

좋아하는 콜라 캔을 땄다.

그런데…….

'……?'

콜라 안의 향료 또한 강토의 후각에 제대로 걸렸다.

'너트메그?'

그 향이 분명했다.

너트메그는 남성용 향수의 탑노트로 많이 쓰인다. 짜릿한 감동으로 후각을 잡아채기 때문이다. 라벤더와 궁합이 기막힌 데 샌들우드나 베르가모트 조합도 좋다.

그 너트메그가 코카콜라에?

너트메그의 정보를 떠올린다. 학명은 미리스티카 프라그난 스다. 학명에서부터 사향을 암시한다. 그렇기에 최음제의 기능도 있다. 헤네시와 유사한 황홀감이 난다고도 한다. 그래서 콜라가 중독성이 강한 거냐?

좋았어.

이럴 때는 후각이 미각이나 시각보다 낫다.

계속 콜라 분석에 들어간다. 너트메그만 함유하고 있는 게 아니기 때문이었다.

이것 봐라?

라임 향이 느껴졌다. 레몬과 오렌지 향도 있다. 이쯤 되면 향수의 시트러스 노트다. 그런데 그것 외에 계피와 육두구 정향 냄새도 난다. 스파이시 노트까지 있는 것이다.

아주 좋았어.

이쯤 되면 콜라가 아니라 향수를 먹는 기분이다.

낯선 것은 아니었다. 향이 식품에 쓰이면 플레버요, 향수에 쓰이면 퍼퓸이 되는 것이다. 콜라에 빠진 사이, 남산이 훌쩍 가까워졌다. 강토의 집은 남산 아래의 예장동이었다.

떵떵떵떵.

산 밑에 바짝 다가앉은 아담한 주택에 이르러 번호 키의 비번을 눌렀다.

'흐읍.'

작은 마당에 서서 심호흡을 해 본다. 강토 없는 사이에 마당 한편의 장미가 피었다. 등나무꽃도 피었다. 그 짜릿함과 은은함 속에 아카시아꽃 향이 섞여 있다. 이 향은 남산에서 날아온 향이다. 강토가 없는 사이에 피었다 진 흔적이 요란했다.

조금 더 킁킁거리니 아련함 속에서 달콤한 향이 풍겨 왔다. 생 향이다. 냄새의 궤적을 따라가니 작디작은 흰꽃이 보였다.

'남산제비꽃……'

강토가 무릎 하나를 굽혔다. 마당에 몇 포기 자생하는 꽃이다. 향이 좋다고 소문났지만 실제로 맡기는 처음이었다.

'아흠.'

아예 코를 박고 음미했다. 난초의 향에 달콤함까지 서려 있다. 이렇게 좋은 향을 마당에 두고도 매년 모르고 넘어갔다니…….

이 집으로 이사를 온 건 10년 전이었다. 원래는 할아버지 친척이 살았다. 그분이 치매로 요양원에 가자 할아버지가 매입을 했다.

등나무 아래 할아버지 이젤이 보인다. 등나무꽃을 그리는 중이다. 보라색과 흰색의 나비가 앉아 있는 것처럼 보인다.

할아버지는 서양화가다. 굉장한 실력파지만 국내 인지도는 중간 정도다. 한국이 아니라 중동에서 오랫동안 중동 민속화를 그린 까닭이었다. 이젤에는 검은 벨벳 화판이 놓여 있다. 할아버지는 벨벳을 캔버스로 사용한다. 벨벳 그림은 각도와 조명에 따라 느낌이 다르다. 검은 벨벳이나 퍼플 벨벳 소재로 표현한 니캅 안 중동 여인들의 눈동자는 신비감마저 엿보였다. 베티베르를 베이스노트로 쓴 향수처럼 말이다.

부르카와 히잡, 차도르 속에서도 마찬가지다. 그런 실력 덕분에 사우디아라비아와 예멘의 왕족 중에도 고객이 있을 정도였다.

강토도 거기 같이 있었다. 부모님이 사고로 죽은 후에 할아버지가 데려갔다. 십 년도 넘게 사우디아라비아와 예멘에 살다 한국으로 돌아왔다. 중동이 내전으로 복잡해진 직후였다.

덕분에 강토는 몇 나라 말을 할 줄 알았다. 영어는 기본이고 아랍어와 중국어도 가능했다. 할아버지의 거래처 중에는 중국 중개상이 많았다. 그중 한 사람은 할아버지 그림을 받으려고 옆집에서 살기도 했었다.

한국에 돌아온 강토와 할아버지는 한동안 시행착오를 겪었다. 십 년도 넘는 공백 때문이었다. 한국 화단의 텃세도 만만치 않았다.

할아버지는 어렵지 않게 극복해 냈다. 원래 낙천적이고 에너지가 가득한 분이니 그림으로 말했다. 한국 화단이 할아버지 그림을 평가하기 시작했다. 엉뚱한 성격 때문에 더러 돌발 사태가 생기긴 했지만 큰 문제는 없었다.

강토도 그 성격에 물들었다. 그렇기에 후각의 핸디캡을 알면서도 결국 조향학 복수전공을 택했고, 교수들의 우려 속에서도 버텨 왔던 것이다.

드륵.

마루의 문을 열었다. 마루 하면 알겠지만 오래된 집이다. 남산의 산자락에 바짝 붙은 이 집은 예장동에서도 오래된 집에 속했다. 아파트를 시작으로 다 마다하던 할아버지였지만 이 집은 마음에 들었던 모양이다. 그렇기에 친척의 딸이 팔려고 내놓기 무섭게 매입해 버렸다.

내 집.

보통 사람들이 평안히 쉴 수 있는 천국.

"……!"

그러나 강토의 천국은 딱 문턱까지였다.

　　　　*　　　　　*　　　　　*

　안으로 들어서기 무섭게 꼬리꼬리한 냄새에 전 향이 폭탄 먼지벌레의 분비샘 폭발하듯 진동을 했다. 냄새의 원흉을 따라가자 할아버지의 속옷과 상의, 양말 등이 나왔다. 옷장 옆에 돌돌 말린 채 쑤셔 박혀 있었다.

　손가락 핀셋(?)으로 집어 들고 베란다의 세탁기에 골인시켰다.

　그것으로 끝이 아니었다.

　냄새의 궤적은 길고도 깊었으니 벽지를 시작으로 커튼, 서랍까지도 빼곡하게 배어 있었다.

　심지어는 강토의 옷장도…….

　워우우.

　소위 말하는 홀아비 냄새… 원흉은 바로 아포크린선이었다.

　'C6—C10의 지방산, 안드로스테놀의 화합물 냄새가 이거였구나?'

　조리대의 기름때 냄새는 아크로레인이었다.

　파리 떼가 꼬인 음식물 통의 정체는 메르캅탄황 분자다.

　유쾌하지 못한 냄새도 피하지 않는 강토였다.

　문제는 강토의 후각이었다.

　AI 기체색층분석기가 들어온 것 같은 고감도의 후각세포가 악취를 여과 없이 잡아내는 것이다. 그러니까 이런 냄새를 폴폴 풍기며 학교를, 여행을 다녔다는 뜻이었다.

진심 맙소사다.

반박 불가의 민폐였다.

팔을 걷었다. 옷도 벗었다. 배낭에서 나온 것과 함께 다 세탁기 안으로 때려 넣었다. 그런 다음 코로나 때 썼던 KF94 마스크를 장착하고 대청소에 돌입했다.

일단은 실내 방향제 긴급 분사.

치익.

'물에 알코올, 베이스는 합성 레몬 향.'

뜻밖에도 합성 향의 질은 그리 나쁘지 않았다.

청소기를 돌릴 때 낯익은 사람이 등장했다.

"뭐 하냐?"

할아버지였다.

"프랑스 다녀오더니 애가 변했네? 오자마자 대청소라니? 내가 알기로 프랑스 사람들도 그렇게 깔끔한 편은 아닌데?"

"그게 아니고요……."

"혹시 네 여친이라도 오는 거냐?"

"어디 다녀오세요? 어우, 쩐내……."

"동사무소에서 댄스 배우다 오는 길이다. 왜?"

"댄스는 왜요? 방 시인님이 거기 다녀요?"

방 시인은 저 옆쪽 주택에 산다. 이 근처에서 마당이 가장 큰 독립운동가의 자손이다. 시인으로 대학 강단에서 문학 강의를 하다가 정년퇴직을 했다. 할아버지가 잘 보이고 싶어 안달이 난 사람이었다.

"얀마, 요즘 댄스는 최고의 노후대책이야. 알았으면 내 선물이나 내놔."

할아버지는 손부터 내밀었다.

"그 전에 옷 좀 벗으세요. 세탁기 돌아갈 때 같이 빨게요."

"세탁기도 돌리냐?"

"이제부터는 옷이나 속옷 같은 거 짱박아 두지 마세요. 그러면 방 시인님 점점 더 멀어져요."

"그거하고 그거하고 무슨 관계?"

"체취에서 나는 악취가 장난 아니거든요. 저도 공범 같으니 자수할게요."

"체취?"

"예."

"이놈이 할아비를 놀리나. 넌 그런 냄새 못 맡잖아?"

"이제 아니거든요."

"아니라고?"

"할아버지 방금 콜라 마셨죠?"

"응?"

"그 전에는 매콤한 닭개장 먹었네요? 된장을 곁들인 양념장이었고요."

"······?"

"속옷은 저 프랑스 간 후로 한 번밖에 안 갈아입었죠?"

"얀마······."

"알았으면 셀프로 벗어서 세탁기에 넣으세요. 아니면 할아버지를 통째로 세탁기에 넣어 버릴지도 몰라요."

강토가 우격다짐으로 할아버지 등을 밀었다.

"얀마, 속옷이 하나도 없잖아?"

안방에서 할아버지 푸념이 튀어나온다.

"다 같이 빨고 있어요. 오늘 하루만 자연 상태로 사세요."

"너, 진짜 냄새 제대로 맡는 거냐?"

할아버지가 빼꼼 고개를 내밀었다. 그 얼굴에 칫솔을 안겨 주었다. 입 냄새도 장난이 아니었다.

"검증 좀 해 보자. 이거 무슨 냄새냐?"

응급조치를 마치고 나온 할아버지가 뭔가를 묻힌 휴지를 내밀었다.

"린시드 오일."

"이건?"

"테레핀유."

"이건?"

"페트롤 오일."

휴지에 묻은 세 가지 냄새는 할아버지가 유화를 그릴 때 쓰는 오일들이다. 강토는 그 냄새도 잘 맡지 못했었다.

"너?"

"보시다시피 프랑스에서 후맹이 나았어요."

"그럼 나 몰래 치료하러 갔던 거였냐?"

"그건 아니었는데 그렇게 되었어요."

"아무튼 진짜로 냄새가 느껴진단 말이지?"

"네."

"허어, 이걸 믿어야 하는 건지 말아야 하는 건지… 내가 네 작은아버지처럼 이비인후과 의사도 아니고……."

"팩트잖아요? 직접 보고도 못 믿으세요?"

"팩트?"

"네."

"진짜로 냄새를 맡는다고? 넘겨짚는 거 아니고?"

"절대로."

"아이고, 이놈아."

할아버지가 강토를 껴안는다. 굉장히 과격했다.

"다행이다. 그럼 작은 조향 회사에라도 취직할 수 있겠구나?"

할아버지 목소리가 떨린다. 그 감격과 달리 강토는 고개를 저었다.

"아뇨."

"왜? 네가 이론 학점은 올 A잖냐? 후맹에 가까운 후각이 문제였지."

"큰 인물에게는 큰 시련이 온다면서요? 그거 넘었으니 작은 조향 회사 패싱하고 최고의 조향사가 될 거거든요."

할아버지가 자주 쓰던 명언을 제대로 써먹었다. 할아버지 눈에 살짝 습기가 서린다. 이건 조금 낯선 풍경이었다.

"사 오라던 거예요."

립스틱을 꺼내 놓으며 분위기를 돌렸다.

"세 개나?"

"남자는 삼세판이라면서요? 하나만 사면 두고두고 쪼잔하다고 우려먹을까 봐 질렀어요."

"짜식, 이런 배짱은 꼭 나를 닮았다니까."

"이러면요?"

뒤를 이어 유화물감도 꺼내 놓았다.

"시넬리에?"

할아버지 눈이 휘둥그레진다. 시넬리에는 프랑스산 물감 중에서도 네임드에 속한다.

"짝퉁이냐?"

"할아버지!"

"미안하다. 이거 비쌀 텐데······."

"물감이 구려서 붓이 잘 안 나간다면서요? 혹시 방 시인님 인물화 그리게 되면 그걸로 그리세요."

"이야, 이거 얼마 만에 보는 시넬리에냐? 내 생전에 다시는 못 만질 줄 알았는데······."

"그런 소리 말고 팍팍 쓰세요. 제가 돈 많이 벌면 박스째 쟁여 놓고 쓰게 해 드릴 테니까요."

"강토야."

"예?"

"기왕 말 나온 김에 와인은 없냐?"

"예?"

"아, 짜식하고… 다 좋은데 분위기를 모르네. 이런 날은 당연히 와인 정도 마셔야 하는 거 아니냐? 네가 후맹에서 벗어난 날, 내가 시넬리에 물감을 선물받은 날."

"아쉬운 대로 코리아 와인은 어때요?"

"막걸리?"

"네."

"좋지, 너는 쉬고 있거라. 그건 이 할아비가 준비하마. 안주 신청도 받는다."

"할아버지 주특기인 두부김치?"

"콜이다. 작년에 동사무소에서 얻어 온 묵은지가 아직 남았거든."

할아버지가 일어섰다. 단숨에 달려 나가신다. 저렇게 좋아하는 모습도 참 오랜만이었다.

톡.

에탄올로 희석시킨 장미 에센스 한 방울이 막걸리 병에 떨어졌다. 할아버지는 찜찜한 표정이다. 막걸리에 향수라니 마땅치 않은 것이다.

하지만.

그 구겨진 표정은 블랑쉬의 고품격 에센스가 다림질을 해주었다.

"향이 은은한 게 괜찮은데?"

할아버지 입이 저절로 벌어졌다. 나이를 먹으면서 후각은 조금 나빠졌지만 미각만은 빠지지 않는 사람이다. 그렇다면 닥치고 성공이었다.

"나폴레옹이 와인 마시던 방법이래요."

구라를 살짝 첨가했다.

그렇다고 완전 구라는 아니다. 나폴레옹은 아침마다 장미향을 머리에 들이부은 사람이다. 그런 걸 보면 나폴레옹도 나름 낭만적인 것 같았다.

막걸리 두 잔을 받아먹고 다락방으로 올라갔다.

강토만의 공간이다. 천장이 그리 낮지 않으니 복층구조가 따로 없었다.

여기는 초보 조향사 윤강토의 조향실(?)이다. 나름 관련 자격증도 걸려 있다.

뭐 그렇다는 얘기다. 자격증이 향수를 만드는 건 아니었다.

잡동사니에 불과하지만 있을 건 다 있다. 기회가 올 때마다 사 모은 향수와 각종 연습용 향 오일들, 에센스와 에탄올에 첨가물도 제법 빼곡했다.

뿅.

딥티크의 향수병이 열렸다.

「그리스 신화 님프에서 영감을 받은 작품.」

교수가 수업 시간에 거품을 물길래 산 향수였다. 정작 강토
는 그 향을 제대로 맡지 못했다.

흐음.

블로터에 뿌리고 살랑—살랑.

세 번을 흔들었다.

시간이 지나자 허공에 향 분자의 천국이 펼쳐진다. 제일 먼
저 다가오는 건 제라늄이다. 민트 향이 그 시중을 든다. 양옆
으로 우디의 옷을 입은 파출리 나래가 부드럽게 펼쳐진다. 그
게 다가 아니다. 그들 사이에서 돌연, 환상적인 장미 향이 피
어오르는 것이다.

'로즈 옥사이드.'

히든 노트의 정체를 알았다. 로즈 옥사이드가 베이스였다.

다른 향수병들도 강토의 검증을 피하지 못했다. 그제야 향
수들은 비로소 '향수'가 되었다. 후각이 어리바리한 주인을 만
난 덕에 장식품 노릇만 해 오던 차였다.

좋았어.

강토가 웃었다.

다른 에센스들도 올 체크를 했다.

'윽.'

표정이 구겨진다.

퀄리티가 어쩌고 하더니 무늬만 에센스인 것이 태반이었다.

용서할 수 없는 것들을 골라 단숨에 쓸어 버렸다.

향은 조악했고 그마나 레이블에 표기된 판매 농도보다 희석된 것들이 많았다.

말하자면 사기를 당한 것이다.

그래도 꿀꿀하지 않았다. 어차피 연습용들이었다.

작은 테이블 위에 블랑쉬의 보석을 꺼내 놓았다. 강토가 실습용으로 쓰던 에센스나 콘센트레이트에 비하면 이것들은 포스부터 달랐다.

그 짝퉁들 사이에 용연향과 사향, 유향과 몰약부터 올려놓는다.

막강 막중하다.

귀티가 저절로 나는 것이다.

기체색층분석기를 장착한 것 이상의 후각능력에 진귀한 천연향료 재료들. 게다가 사향은 돈을 주고도 구하기 어려운 재료였다.

'아……'

냄새를 맡으며 자지러진다.

「향을 맡을 수 있다는 것+진귀한 향료라는 것.」

두 가지가 모두 꿈만 같았다.

블랑쉬.

다락의 책상에 앉아 그 전생을 생각했다.

그가 보여 준 그의 생은 비참했다.

화려한 것은 오직 후각과 조향 능력뿐이었다.

그는 그것을 꽃피웠으나 열매는 알랑 클레멘트가 누렸다. 그의 생에 누리지 못한 것을 강토가 해내야 했다. 약속도 했다. 강토의 두 손이 삼나무 향수병과 천연 향 재료들, 여섯 개의 에센스를 끌어모았다.

졸업반이다. 복수전공을 위해 1년 더 다니고 있지만 그것도 반년 정도 남았을 뿐이다.

그러나 선민대학교 조향 실습실에서 강토의 존재감은 투명 인간과 동급이었다.

—그 후각으로 조향사? 한심한 인간.

—유기화학에 조향 이론은 수재급인데 후각이 폭망이야.

—전화기 취직 잘된다면서 유기화학 쪽으로 나가지 조향은 뭣 하러?

교수와 학생, 선후배들의 평가는 그렇게 일방적이었다.

상관없었다.

그 평가는 딱.

프랑스로 가기 전까지만 유효했다.

아침이 변했다.

확실한 건 후각이었다.

전에는 눈으로 아침을 맞았지만 이제는 코가 같이 깨는 것이다.

통북엇국에 임연수어 구이.

임연수어는 조금 탔다.

장소는 다락방이다. 시차의 피곤함이 달려들면서 잠이 들었던 모양이다. 이불이 덮여 있는 건 할아버지 작품이다. 말투는 종종 무뚝뚝하지만 강토를 끔찍이 애정하는 할아버지였다.

신기하게도 누운 채로 주방의 그림이 그려졌다.

그렇게 개운한 아침이다.

코를 들이치는 냄새 분자의 향연이 너무나 좋았다.

여기는 대한민국.

블랑쉬의 선물은 환상이 아니었다.

작은 마당으로 달렸다. 갓 피어난 장미꽃이 인사를 해 왔다.

봉쥬르 하는 것도 같고 안녕하세요 하는 것도 같다. 그 향이 가시기 전에 긴급 조치(?)를 했다. 호기심덩어리인 강토. 블랑쉬의 경험치에게 쉴 틈을 주지 않았다.

"무슨 국?"

주방으로 오자 조리대를 가린 할아버지가 물었다. 테스트다.

"북엇국."

"생선도 맞힐 수 있냐?"

"임연수어. 살짝 태웠음."

"아이고, 이 짜식."

할아버지가 국자로 강토 어깨를 후려쳤다.

"아, 아프잖아요?"

"아픈 게 대수냐 이놈아? 니 후각이 뻥 뚫렸는데?"

"아, 씨……."

어깨를 비비고 식사 돌입이다.

"……?"

밥의 향미도 코를 차고 들어온다. 그 향미가 북엇국, 임연수어 구이와 조화를 이룬다. 무엇 하나 자극적이지 않으면서 꿀맛이다. 맛난 요리는 후각으로 먹는다더니 그 말이 진리였다.

식사를 마치고 핸드폰을 챙겼다. 살 게 있었다. 마당의 장미가 아직 제철인 것이다.

―앙플라쥐와 매서레이션.

앙플라쥐(Enfleurage)는 냉침법이고 매서레이션(Maceration)은 온침법이다.

블랑쉬의 비법을 하나씩 구현해 볼 참이었다. 그러자면 몇 가지 도구와 재료가 필요했다. 관련 검색은 이미 끝낸 후였다.

"좀 나갔다 올게요."

할아버지에게 인사하고 장미 앞에 섰다. 이제 막 봉오리를 터뜨리며 아침 햇살을 맞는 것도 있었다. 그라스에는 미치지 못하지만 꽃집 물 양동이에 담긴 것과는 향의 격이 다르다. 그 향을 음미할 때 카톡이 들어왔다.

[헤이, 윤강토.]

스터디 옴니스의 리더 권다인이었다.

[웬일?]

[어디냐? 아직도 프랑스는 아니겠지?]

[홈인데?]

[오늘 향 실습 있는 거 알지?]

[오늘까지 강의 없는 거 아니냐?]

[아오, 내가 이럴 줄 알았어. 오늘이 향 실습 평가 하는 날이잖아? 이 교수님이 휴강 절대 안 된단다.]

[그래?]

[10시까지야.]

다인이 퇴장했다.

조향실습학.

담당 교수 이창길.

그는 일본 다카사고 향료 공업에서 이그제티브 조향사를 역임하다 컴백한 전문가였다. 오하나마하로에도 영향을 미쳤다. 그 공으로 처음부터 부교수로 스카우트되었다.

선민대에서는 프랑스 출신 조향사 라파엘 포그바 교수와 쌍두마차로 불린다. 학생들 평가가 아니라 그 자신이 한 말이다.

라파엘 역시 프랑스에서 인정받던 이그제티브 조향사다. 그러나 그는 지위나 보수보다 향수 자체를 평가한다. 그렇기에 향수 불모지의 한국 대학에서 향수 연구소를 세워 연구에 몰입하게 해 준다고 하자 기꺼이 한국행을 택한 사람이었다.

그럼에도 불구하고 이창길의 영향력이 더 절대적이었다. 라파엘은 향수 자체를 중시하지만 이창길은 학과 운영 전반에 전권을 행사하고 있었다.

그는 후각과 향장, 즉 조향을 같은 선상에 놓는 사람이었다. 후각이 예민하지 못한 학생은 대놓고 무시하기도 했다.

어찌 보면 당연하다.

조향과 후각은 바늘과 실의 관계다.

그러나 대학에는 성적에 맞춰서 오거나 호기심으로 택한 학생이 많았다. 조향사가 아니라 향 관리나 판매 쪽으로 갈 수도 있으므로 그렇게 야박할 필요가 없었다.

그 만행(?)은 강토도 예외가 아니었다. 이번 여름방학에 처음으로 진행되는 4주간의 인턴 체험단. 그 선발 단계에서부터 열외 지명을 받은 것이다. 조향학과 이미지를 흐릴 수 있다는 게 그의 설명이었다.

「장 폴 겔랑과 샤넬 NO.5의 어네스트 보, 에드몽 루드니츠카가 성공할 수 있었던 것은 천재적인 후각.」

이 교수의 지론은 확고했다. 장 폴 겔랑은 3,000여 가지, 어네스트 보는 2,000여 가지의 향을 구분한다. 조향에 있어 천재적 후각의 기준이 되는 인물들이었다.

에드몽 루드니츠카는 에르메스의 첫 번째 향수인 '오 데르메스'를 만들었다. 향장에서는 현대 향수의 개척자로 꼽히는 거장이다.

이창길은 자체 랩에서 몇 개의 성과도 이루었다. 각 시도의 대표 향 사업에 참가해 여러 성과를 이루었고 덕분에 그의 랩에는 향 제조 요청이 이어지고 있었다.

그런저런 위상 때문에 '조향학과'에서는 그의 입김이 절대적이었다.

선민대에서는 나름 절대 후각을 자랑하는 이창길 교수.

어느 정도 클래스일까?

급 호기심이 발동했다.

제4장
—
함숨찐 강림

다시 신세계가 펼쳐진다.

거리의 자동차 매연이 그렇고 첨단 빌딩 냄새들이 그랬다. 지하철 안의 냄새도 강토의 후각에게는 유토피아였다. 블랑쉬의 후각으로 빨아들이고 또 빨아들이며 입력을 했다. 보이지는 않지만 미친 흡입에 다름 아니었다.

지하철 안에는 여러 향수 냄새들이 있었다.

오 드 코롱.

오 드 코롱.

몇몇 여자들의 향수는 거의 알코올에 가까웠다.

오 드 뚜왈렛.

조금 진한 향수가 감지되었다. 뚜왈렛에서 화장실을 연상하면 대략 낭패다. 그런데 스펠링도 비슷하기는 하다.

Toilet, Toilette…….

학교에 도착할 때까지도 찐 퍼퓸은 만나지 못했다.

향수는 보통 A급 스플래시 코롱에서 최상의 SSS급 퍼퓸까지 다섯 단계로 나뉜다. 최하위의 스플래시 코롱에게조차 A를 주는 건 그 또한 아름다운 향기이기 때문이다. 단계가 낮을수록 발향력과 지속력이 약한 게 보통이다.

여기에서 앞에 붙는 오(eau)는 물을 뜻하는 불어다. 스플래시 코롱은 약 30%의 물을, 최상급 퍼퓸은 약 5%의 물을 함유한다. 그렇다고 해도 기본적으로는 역시 알코올 용액이다. 향 분자와 친화력이 좋고 싸기 때문이다.

그런데 발향력과 지속력은 같은 말 아니냐고?

다른 개념이다.

두 개념은 대칭 관계에 있다.

일반적으로 향수병에 담긴 향수는 한 번 발사에 0.07ml 분량의 향이 분사된다. 여름이거나 체온이 높으면 향 분자가 단숨에 많이 날아가면서 발향력이 높아진다. 향이 쉽게 날아가니 지속력은 떨어진다. 반대의 경우로 겨울이거나 체온이 낮으면 향이 천천히, 그리고 느리게 날아가니 발향력이 떨어진다. 따라서 지속력은 올라간다.

발향력은 향수의 분자량에도 영향을 받는다. 일단 분자량이 가벼운 탑노트 계열의 시트러스나 플로랄은 빨리 날아간다. 그러나 분자량이 무거운 우디나 발사믹은 좀 더 오래 머무른다.

이건 에센션 오일의 비율과도 무관치 않다. 오드 코롱에는 보통 2—3%의 에센션 오일이 들어 있고 퍼퓸에는 15—30%가 들어간다. 그런 까닭에 오 드 코롱의 지속력이 1—2시간인 데 비해 퍼퓸의 지속력은 5시간 이상을 가는 것이다.

지상으로 나오니 냄새가 변한다.

돌아보면 후맹에 가까운 후각 때문에 덕을 본 일도 있기는 했다. 군대였다. 화생방 훈련에 더불어 겨취가 심하던 선임. 누구에게든 지옥 같은 일이었지만 강토는 덤덤하게 지냈던 것이다.

"윤강토."

교정에 들어서자 열혈 소녀(?) 배상미가 손을 흔든다. 검은 레깅스에 노란 면티가 인상적인 대비 속에서 단정해 보였다.

"일찍 왔네?"

강토가 응답했다.

"프랑스 좋았어?"

"응."

"왕 부럽다. 나도 가고 싶은데……."

"여름방학 때 가 봐. 좋더라."

"그라스도 가 봤어?"

상미가 묻는다. 조향사를 꿈꾸는 학생이라면 그라스에서 자유로울 수 없었다. 어떻게 보면 신앙인들의 성지순례와도 같은 의미였다.

"가 봤지."

"진짜로 거리마다 향수 연구소고 꽃농장이고 향수도 막 뿌려 대고 그래?"

"응."

"와아, 짱이다."

"선물."

그라스의 거리에서 홍보용으로 받은 작은 기념품 향수를 건네주었다.

"그라스에서 산 거야?"

"향수 박물관에서 기념으로 주더라."

"그런데 나 줘도 돼?"

"응."

강토가 답하자 상미가 뚜껑을 열었다. 바로 왼 손목에 뿌리고 두 번을 톡톡 친다. 많은 사람들은 분사한 향을 문지르지만 그래도 조향 전공자다. 그런 건 향수를 뭉개는 일과 다르지 않으니 실수는 하지 않았다.

"장미 향이네."

몇 번이고 코를 박더니 향의 정체를 밝혀낸다. 하지만 아주 자신 있는 표정은 아니다.

실습실에서 강토 별명은 찐이다. 찐후맹이라는 뜻이다. 상미가 그다음이었으니 그녀는 은찐으로 불렸다. 그녀도 거의 후약이다. 후각이 뛰어나지 않다는 뜻이었다. 앞서 이창길 교수를 언급했지만 그런 까닭에 그녀도 애제자 반열에서는 당연히 열외였다.

"고마워."

초록은 동색이다. 그렇기에 강토에게 살가운 상미였다. 다른 공통점도 있었다. 강토처럼 복수전공자라는 사실. 재수에 휴학까지 풀 세트로 하는 바람에 나이도 강토와 같았다.

따지고 보면 상미도 강철 의지의 소유자였다. 후각이 약하면서도 향수의 세계에 반했다. 그 무모함이 복수전공을 택하게 만들었다. 부모 없이 언니와 살다 보니 생활도 넉넉지 않았다. 그렇기에 중간에 1년씩 휴학을 하며 알바비로 학비를 조달했다. 국가장학금만으로는 부족했으니 작년 겨울방학에도 백화점 화장품 코너 이벤트 알바로 살았을 정도로 열심이었다.

그녀의 주특기는 향수 묘사력이다. 후각은 약하지만 향을 표현하는 언변만큼은 이번 졸업반 중에서 발군이었다. 물론 그걸 알아주는 사람은 강토뿐이다.

하지만 오늘은 실수를 했다.

"그거 알아? 오늘 실습시간에 아네모네 조향실장님이 오신대."

"정말?"

"F5 남경수가 그러는데 그분이 특강할지도 모른다더라?"

상미 얼굴이 살짝 상기된다.

아네모네라면 국내 최고로 꼽힌다. 한국은 아직 조향 분야의 발전이 요원했다. 가까운 일본과도 비교가 되지 않았다.

국내 기업 중에서 조향 팀을 갖춘 기업은 열 손가락에 꼽기도 바쁘다. 조향 아카데미를 운영하는 향료 회사 세 곳을 포함해도 그렇다. 이들 중에서는 아네모네가 선두다. 조향만 배우기에는 향료 회사도 나쁘지 않지만 조향 시스템으로 치면 아네모네가 첫손에 꼽히는 것이다.

"아네모네 조향실… 구경만이라도 했으면 좋겠다."

상미 눈동자가 꿈을 꾼다.

"……"

강토가 실습실 앞에서 멈췄다. 가만히 숨을 고른다.

"긴장되냐?"

사연을 모르는 상미가 돌아보았다. 때로는 이렇게 '누나'라도 되는 것처럼 강토를 챙긴다.

"아니야."

강토가 손을 저었다. 다른 날과 달리 무지막지하게 감지되는 냄새 때문이었다. 각종 향기와 화학물질 냄새 분자들이 복도에서부터 코를 쪼고 들어왔다.

안으로 들어서니 학생들이 와글거렸다. 체취가 코로 들어

온다. 하얀 실습복도 예외는 아니다. 상큼한 세제 향도 있고 그대로 처박아 두었다가 꺼내 입은 탓에 쩐내를 풍기는 것도 있었다.

강토와 상미가 꼴찌 입장이었다.

구석 테이블의 다인이 손을 흔든다. 실습복을 걸치고 자리에 앉았다.

강토와 상미, 다인과 준서가 옴니스의 멤버들이었다. 오리지널 조향학 전공자가 아니라 복수전공과 편입생의 구성이었다. 강토와 상미, 다인은 동갑이고 준서만 두 살이 많았다.

그제야 알았다. 여자애들에게서는 수선화 냄새와 비스킷 냄새가 난다는 걸.

잠시 후에 이창길 교수가 들어섰다. 혼자가 아니었다.

꿀꺽.

학생들이 긴장하기 시작했다. 아네모네 조향실장이 온다는 소문이 제대로 돈 모양이었다.

당연한 일이다. 찬밥 취급인 강토와 상미의 귀에까지 들어왔으니.

그런데.

보드 앞에 선 이 교수 미간이 과격하게 구겨졌다.

"누구야? 향수 뿌리고 온 사람?"

상미의 시향을 알아챈 것이다.

향수.

그 향은 천사의 눈물만큼 아름답지만 향수 전공자들은 향수를 잘 뿌리지 않는다. 향 감별에 방해가 되기 때문이다. 이 교수는 그 기본을 강조했다. 특히 실습이 있는 날이면.

"아, 씨……."

상미가 움츠러드는 게 보였다.

그녀가 엉거주춤 자수하려는 순간.

"제가 뿌렸습니다."

상미 손을 누른 강토가 선수를 쳤다.

"윤강토?"

이 교수가 눈빛 레이저를 쏘았다.

"죄송합니다."

"넌 향도 못 맡으면서……."

"혹시 맡아질까 해서요."

"……."

"……."

"씻어."

이 교수가 구석의 개수대를 가리켰다.

"너도 씻어. 내 손에 닿았잖아?"

임기응변으로 상미를 구해 냈다.

"미안해."

손을 씻으며 상미가 속삭였다.

"괜찮아. 어차피 발단은 나였으니까."

상미의 실수.

바로 이것이었다. 그라스의 향이라는 말에 실습을 잊고 향수를 뿌린 것이다.

손을 씻고 자리로 돌아왔다. 다른 때 같으면 조향사의 기본 자세에 대해 일장 연설이 이어질 이창길 교수. 아네모네 실장 때문인지 긴말은 하지 않았다.

"주목."

대신 목에 힘이 빡세게 들어간다.

"오늘은 아주 특별한 분을 모셨다. 이분이 너무 바빠서 특강 같은 거 하실 시간도 없지만 여러분을 위해 와 주셨으니 귀한 시간 되기를 바란다. 다들 고명은 들어 봤겠지. 대한민국 최고 조향사 중의 한 분이신 아네모네 마스터 조향사 유쾌하 실장님."

"안녕하세요? 유쾌하입니다."

소개와 함께 유쾌하가 인사를 해 왔다.

짝짝.

자발적 박수가 쏟아진다. 현역 조향사만 와도 땡큐일 학생들. 유명 인사가 오니 연예인을 만나는 기분 이상이었다.

"우리 교수님 소개가 너무 거창한 거 같네요. 이번에 우수한 학생들이 많다길래 단기 인턴을 받아 보기로 했는데 여러분의 수준이 궁금해 시간을 내게 되었습니다."

"오늘 실습은 나 대신 유 실장님이 진행하신다. 아울러 말

많던 인턴 사전 배정, 그것도 백지화하고 오늘 실습 결과만을 반영하겠다. 그러면 공정하겠지?"

이 교수가 학생들을 바라보았다. 이 교수는 F5의 남경수와 강은비를 애정한다. 이번 졸업반 중에서는 둘의 후각이 엑설 런트하기 때문이다. 말하자면 조향학과 에이스였다.

남경수는 1학년부터 두각이었다. 그해 늦봄에 실시된 향료 회사의 향수 노트 페스티벌에서 제시한 100개의 노트 중에서 무려 98개를 맞히며 대상을 거머쥐었다. 그걸로 바로 이창길 의 눈에 들었다.

하지만.

남경수가 총애받는 데는 불손한 소문도 있었다. 엄마 아빠 찬스가 그것이다.

그의 아버지는 행정고시 출신으로 교육부 1급 관리관이자 이창길의 고교 직속 선배다. 어머니 역시 약사 출신으로 식약 처 화장품 정책과장을 맡고 있다.

그런 배경 때문인지 2학년 겨울방학에는 아네모네에서도 1개 월 알바를 했고 3학년 여름방학 때는 일본 다카사고 향료 공업 에서 2개월간 수습을 했다. 다카사고에서 근무했던 이창길의 추 천이었다. 남경수는 강은비와 친했으니 자신의 정보를 넘겨주었 고 덕분에 그 둘은 다른 학생들보다 앞서 나갔다.

경수 나이는 강토와 같다. 현역이 아니라 공익을 마쳤다. 사 유는 척추 디스크였다는데 다른 학생들보다 더 잘 날아다닌다. 술자리에서 나온 말로는 이창길이 경수 아버지 빽으로 왔다는 등의 루머가 있지만 확인된 바는 없었다.

그러다 보니 실습은 매사 그 둘 위주였다. 그다음 서열로는 스터디 퍼퓸펜타가 꼽힌다. 그마저 아니면 엔젤로즈다. 강토네 옴니스는 조향 스터디에서도 맨 뒤에 랭크되어 있었다. 그 바로 앞 서열의 스터디는 우비강이다.

이 교수의 취향에 불만을 제기하는 학생들도 있기는 했다. 이번 여름방학 인턴도 그중의 하나였다. 잡음이 많아지니 조기 차단 하려는 포석 같았다.

하지만 그건 하나의 변칙에 지나지 않았다.

2인 1조 실습.

각자 원하는 사람과 팀을 이루기.

스터디별로 실습하던 다른 날과 달랐다.

하지만 다를 것도 없다.

어차피 스터디 안에서 분화를 한다. 1학년 새내기도 아니니 당연한 결과였다.

예상대로 에이스 남경수와 강은비가 한 조로 결합했다. 그들 스터디 멤버인 양을기와 차주희도 짝을 먹었다.

강토네 스터디 멤버는 다인과 상미, 그리고 준서.

다인과 준서가 짝을 지으면 강토 짝이 남는다.

윤강토와 배상미.

후각 망작들의 결합이었다.

"미안."

이번 사과는 강토 입에서 나왔다. 오늘 수업 결과로 인턴 배정을 한다는 말이 나왔을 때 상미의 얼굴에는 약간의 희망이 피어올랐다.

만약.

그녀가 남경수의 짝이나 강은비의 짝이 된다면.

아네모네 조향실에서 4주간의 인턴 생활을 '할 수도' 있는 것이다.

"됐거든? 새삼스럽게……."

쿨한 척하지만 상미의 미소는 웃폈다.

"그럼 부탁합니다."

당부를 남긴 이 교수가 실습실을 나갔다.

꿀꺽.

학생들 눈이 반짝반짝 긴장을 한다. 은가루처럼 반짝거리는 흰색 감귤 향은 댈 것도 아니었다.

라파엘 포그바 교수와의 첫 만남 이상이었다. 이제 졸업을 앞둔 까닭이다. 유쾌하의 눈에 들면 아네모네에 들어갈 수 있다는 희망까지 다리를 놓고 있었다.

"오랜만에 대학 실습실에 들어오니 저도 좀 설레는군요. 하지만 시간이 많지 않다니 일단 수업부터 진행합니다. 자, 조향사 꿈꾸는 분들?"

유쾌하가 묻자 학생들이 손을 들었다. 거의 다였다.

"많군요. 조향에 종사하는 사람으로서 기분이 좋습니다."

"……"

"그동안 실험 실습으로 많은 향 분자를 다뤄 보았죠?"

"……"

"냄새의 세계는 끝이 없습니다. 현재 우리 인간이 맡을 수 있는 냄새 분자가 1조 개 정도라고 하는데 지금 이 순간에도 새로운 냄새 분자가 발견되고 있을 겁니다."

"……"

"생활수준의 향상, 도시화, AI로 인한 짧은 동선, 개성… 여러 이유로 향료 산업은 점점 더 유망해지고 있습니다. 비누나 샴푸 등의 일상용품에서 세제와 섬유유연제, 화장품과 향수, 음식에 쓰이는 각종 향신료, 향을 이용한 아로마 치료법까지. 제가 보기에 현재의 세상은 컴퓨터와 향 산업으로 양분될 정도입니다."

"……"

"하지만 향수가 유럽에서 발달되면서 그쪽이 이 산업을 선점했죠. 덕분에 다른 나라들은 걸음마 단계에 불과합니다. 세계 최대 향료 회사인 지보단 루르와 미국의 IFF는 매년 각각 수조 원 이상의 매출을 올리죠. 가까운 일본도 매출 1조 원대의 하세가와가 있지만 우리나라는 아직도 걸음마에 속하는 형편입니다."

"……"

"하지만 여러분 세대나 그다음 세대에서는 분명 괄목할 성장으로 세계적인 향 산업국가로 자리매김할 거라고 생각합니다."

"……"

"그렇다면 여러분은 우리나라 향장 역사에 대해 얼마나 알고 계신가요? 누가 한번 설명해 볼까요?"

유쾌하가 운을 떼자 강은비가 손을 들었다.

"우리나라도 과거에는 향 문화가 발달한 국가였습니다. 신라 눌지왕 때부터 향료가 대중화되었다고 삼국사기에 나오고 진지왕도 도화녀와 열애에 빠지는 7일 동안 향을 피웠다는 기록도 있습니다."

"오? 또? 누구?"

"신라와 고려의 향 제작 기록을 보면 향 가루를 도자기에 기름과 함께 재워 두었다가 손끝에 찍어 사용하고 고려에서는 향료 전용인 박산로라는 화로를 만들어 끓는 물에서 우러나는 향을 쐬었다고 하니 유럽의 향 역사에 못지않다고 생각합니다."

남경수도 존재감을 발산한다.

"또?"

"조선 대에는 궁중에 향장직을 두어 향낭과 의향을 관장하기도 했습니다."

퍼퓸펜타 리더 김승애도 적극적이다.

"더 없나요?"

"향낭에는 사향과 백단향을 많이 사용했습니다. 의향의 향료는 백단, 영릉, 감송, 팔각, 정향 등인데 모향이나 백지향 같은 향도 이용된 것으로 압니다."

마지막 발언은 강토의 것이었다. 이론이라면 꿀릴 거 없었다.

돌아보는 남경수와 강은비의 입가에 냉소가 엿보였다.

그래 봤자 후맹.

그 뜻이다.

그들의 자신감 폭발은 강토의 존재를 실습실 밖으로 밀어내고 있었다.

강토도 웃는다.

그들이 모르는 팩트 하나.

어제의 강토가 아니었다.

*   *   *

"좋습니다. 역시 졸업반답군요. 제가 잘 모르는 것까지도 알고 있는 것 같습니다."

유쾌하가 화제를 이어갔다.

"제가 우리 향장의 역사를 짚은 것은 여러분에 대한 기대감 때문입니다. 사실 우리 세대만 해도 유럽의 선진 향료 화학과 포퓰러를 배우느라 바빴죠. 그러다 보니 정작 우리 고유의 향은 돌아보지 못했습니다. 그래서 여러분들은 한국적인 자부심을 바탕으로 조향에 입문했으면 하는 바람입니다."

"……."

"되지도 않는 썰을 너무 풀었군요. 실습 들어갑니다."

유쾌하가 가져온 가방을 열었다.

향료가 일렬로 배열되었다. 모두 여덟 가지였다. 학생들이 긴장하기 시작한다.

"여러분을 위해 가져온 향료 에센스입니다. 모두 여덟 가지 인데 이걸로 몸풀기에 들어갑니다. 조별로 나와서 블로터에 적셔 가세요. 10분 드릴 테니 향을 기억하세요. 참고로 모두 우리나라 자연에서 얻은 냄새 분자들입니다."

유쾌하가 알코올에 에센스를 풀었다.

테스트의 시작되었다.

"내가 가져올게."

상미가 일어섰다. 맨 앞에 앉았던 남경수가 선착이었다.

시향.

냄새를 맡고 향 맞히기.

언제나 어렵다.

그러나 조향사가 되려면 피할 수 없는 과정이었다.

"일단 네 개씩 나눠서 맡고 바꾸자."

상미가 블로터를 내밀었다. 하지만 울상이다. 강토의 후각은 그녀보다 떨어진다는 사실. 그녀가 잊을 리 없는 팩트였다.

"냉이 냄새가 나."

"솔 내도 나는데?"

"장미 냄새도 나는 거 같아."

여기저기서 속삭임이 나오기 시작했다.

"냄새나?"

네 플로터의 탐색을 끝낸 상미가 물었다.

"너는?"

"냉이하고 솔 향, 참기름, 쑥 향?"

"오, 제법인데?"

"지금 장난할 때야?"

"아닌 줄 아니까 이것도."

강토 손의 네 플로터도 상미에게 넘어갔다.

"아, 씨… 첫 번째 건 인삼 냄새 같은데 나머지는 모르겠어. 하나는 장미 향인가?"

상미가 울상을 짓는다. 후각은 선행학습도 필요 없다. 냄새는 즉각적이고 솔직하기 때문이었다.

"냉이 향, 솔 향, 참기름 향, 쑥 향에 인삼 향, 장미 향? 그 정도면 준수한데?"

"맞는 거 같아?"

"잠깐만."

강토가 블로터를 받아 들었다. 여덟 개를 부채처럼 펴 들고 코앞에서 좌우로 움직였다. 딱 전문 조향사의 폼이었다. 상미의 인상이 더 찌푸려진다.

"겉멋이냐?"

지금은 그럴 때가 아니었다.

그러나 강토는 겉멋이 아니었다. 블랑쉬의 후각이라면 가능했다. 그렇게 하면서 향을 하나씩 분리해 낸다.

"답은 내가 적을게."

강토가 블로터를 내려놓았다.

"알 거 같아?"

"나머지는 찍지 뭐."

강토가 웃었다. 상미는 말리지 못한다. 찍어야 한다면 강토가 꿀릴 게 없었다. 실습만 빼면 최고 성적에 속하는 강토였다.

"맞아야 할 텐데……."

상미가 두 손을 모은다. 어떻게든 유쾌하의 눈에 들고 싶은 바람이었다.

그건 다른 조도 마찬가지였다. 그렇기에 블로터가 닳도록 코를 박고 킁킁거린다.

"10분 됐습니다. 앞 조부터 발표해 볼까요."

유쾌하가 남경수─강은비 조를 지명했다.

"냉이 향, 솔잎 향, 쑥 향, 참기름 향, 인삼 향, 수박 향, 장미 향입니다. 마지막 향은 푸근하지만 밋밋해서 알 수 없었습니다."

"우아."

뒤쪽의 조에서 감탄이 터졌다. 일곱 개나 적은 것이다. 다인과 준서를 비롯한 나머지 조들도 대개 6개까지는 동일했다.

이슈가 되는 건 맨 마지막 에센스였다. 우유 향이라거나 분유 향이라고 적은 조가 있었지만 확신은 없어 보였다.

"마지막 조?"

유쾌하가 강토와 상미를 바라보았다. 강토가 답지를 들어 보이자 유쾌하의 표정이 굳었다. 그걸 본 학생들의 시선이 강토에게 쏠렸다.

풋.

일단 헛웃음부터 터졌다.

일곱 번째가 공백이었다. 모두가 맞힌 장미 향을 쓰지 않은 것이다.

"야아."

그걸 본 상미가 울상을 지었다.

그리고.

모두가 헤매던 마지막 에센스.

강토가 적은 답은 '밥 향'이었다.

"밥?"

학생들이 웅성거렸다. 다인과 준서가 울상이 된다. 차라리

쓰지 말지 왜 써서 웃음거리를 만들까? 스터디 리더답게 강토를 걱정하는 그녀였다.

"어떻게 유추했죠?"

유쾌하가 질문을 던졌다.

"아침에 밥을 먹을 때 이것과 비슷한 냄새가 났거든요. 이 것보다 약하기는 했지만……"

강토의 답은 솔직했다.

"아오, 저… 모르면 얌전하나 있지……"

남경수가 혀를 찬다.

하지만 유쾌하의 한마디가 그 면박을 사이다 맛으로 날려 버렸다.

"박수 주세요. 마지막 에센스는 밥의 풍미 성분인 $2-acetyl-1-pyrroline$을 주로 구성한 밥 향미의 화합물입니다."

"……?"

학생들의 말문이 막혔다.

"윤강토."

남경수가 일어섰다. 강토의 후각과 그 전과를 알기 때문이었다. 이건 강토가 절대 맞힐 수 없는 문제였다.

"아아, 그만들 앉으세요. 아직 끝난 게 아닙니다."

유쾌하가 다른 자료를 꺼내 놓았다. 이번에는 일곱 가지의 파우더와 기름 하나였다.

"여러분이 답으로 적어 낸 것들을 갈아 놓은 가루입니다. 이틀 전에 간 것이라 향이 좀 날아갔을 수 있는데 대조에는 무리가 없을 겁니다. 확인한 후에 최종 답을 받겠습니다. 이번에도 시간은 10분, 앞 조부터 차례로 확인하세요."

유쾌하가 테이블을 가리켰다.

"윤강토."

다인이 눈을 구기며 주의를 준다.

너무 나대지 마.

애정 어린 주의라는 거 강토가 모를 리 없었다.

각각의 파우더와 기름병에는 이름이 적혀 있었다.

「황새냉이」, 「솔잎」, 「약쑥」, 「참기름」, 「인삼」, 「수박」, 「장미」, 「밥」.

냉이와 솔잎, 쑥과 참기름, 인삼 앞은 쉽게 지나친다. 남경수와 강은비의 발은 수박 앞에서 멈췄다. 앞의 재료들에 비해 확신이 떨어진다. 그 발은 장미를 지나 밥 앞에서 다시 멈췄다. 몇 번이고 냄새를 맡는다. 다른 조들 또한 대동소이했다.

상미도 그랬다.

그들 모두와 다른 사람 단 한 사람이 있었다.

강토였다.

강토의 발은 참기름 앞에서 멈췄다.

인삼 앞에서도 멈추고 수박 앞에서도 멈췄다.

심지어는 장미 앞에서도.

"너무 튀네."

이번 궁시렁은 강은비의 것이다. 후맹에 가까운 강토가 오버한다고 판단한 것이다.

강토는 당연히 아니었다.

참기름 냄새는 네 번째 에센스와 갈래가 달랐다. 고소하지만 향이 다른 것이다. 인삼 역시 그랬다. 에센스의 인삼 향은 이보다 아련하고 옅었다. 수박도 같지 않았다. 에센스에서는 물비린내 같은 게 났다. 그러나 이 수박 파우더에는 그런 향 분자가 없었다.

"장미 맞잖아?"

답답한 마음에 상미가 눈을 부라린다. 강토는 주변에 대해 신경을 꺼 버린다. 이 순간의 강토는 블랑쉬와 다르지 않았다. 앞의 세 가지는 난해했다. 유쾌하가 제시한 향과 에센스는 분명 달랐다. 하지만 에센스가 무엇의 냄새인지 모르니 어쩔 수 없었다.

이 시대에는 블랑쉬가 모르는 냄새 분자도 존재하고 있었다.

한 가지는 명백했다.

장미는 아니라는 것.

그라스를 시작으로 국산 장미 향까지 섭렵한 후였다. 물론 장미 향을 이루는 제라니올과 시트로네롤, 페닐에탄올 등의 냄새가 나기는 했다.

그것만으로 장미라고 할 수는 없었다. 장미에게서 맡지 못한 다른 냄새가 끼어 있었다.

「냉이 향」,「솔잎 향」,「쑥향」.

강토의 답은 거기서 멈췄다.

"왜?"

상미가 소리 낮춰 독촉을 했다.

"냄새가 달라."

"뭐어?"

"다르다고."

"야, 윤강토. 네가 냄새를 구분할 수 있어?"

"응."

"아오, 빡쳐. 너 나보다도 후맹이잖아?"

"오늘만은 예외다. 나 한 번만 믿어 봐."

"교수님 말 못 들었어? 오늘 실습 점수 좋으면 인턴 갈 수 있다잖아?"

"너 오늘 레깅스에 콜라 흘렸지?"

"뭐어?"

"흘렸어, 안 흘렸어?"

"아까 편의점에서 먹다가 어떤 꼬마가 테이블을 건드리는 바람에 묻긴 했는데… 네가 그걸 어떻게?"

몰카?

그 단어를 떠올리지만 아니었다. 강토는 그런 매너가 아니었고 그 근처에 강토가 있지도 않았다.

"나 프랑스에서 냄새 귀신 빙의했나 봐. 그러니까 한 번만 믿어 보라고."

"윤강토······."

거의 울상이 된 상미를 밀어내고 답안지를 마무리했다.

"과 대표 답지 걷어 오세요."

유쾌하가 말했다.

은비가 일어나 답지를 회수했다.

"······?"

「냉이 향」, 「솔잎 향」, 「쑥 향」, 「?」, 「?」, 「?」, 「?」, 「밥 향」.

강토 조의 답에는 공백이 네 개나 있었다. 그걸 넘겨본 강은비가 헛웃음을 지었다.

오버 떨더니 개웃겨.

웃음 속에 감춰진 비하였다.

답이 유쾌하 손으로 넘어갔다.

「냉이 향」, 「솔잎 향」, 「쑥 향」, 「참기름 향」, 「인삼 향」, 「수박 향」, 「장미 향」, 「밥 향」.

절대다수의 답이었다. 에이스 남경수와 강은비 조의 답도 그렇게 나왔다. 다만 둘은 수박향의 답지에 ?을 붙여 다른 향에 대한 가능성을 남겨 두었다.

"어째서죠?"

유쾌하가 짚고 넘어간다.

"파우더로 나온 수박 향과 유사하기는 하지만 느낌이 좀 달랐습니다. 더 가볍다고 할까요?"

"그렇군요."

유쾌하가 웃는다. 그 웃음은 강토네 답지에서 칼날처럼 끊겼다. 강토네 답지는 무려 네 개나 공백이었다.

여덟 개의 에센스와 여덟 개의 샘플들.

그 냄새는 분명 비슷했다.

전문 조향사가 아니라면 대다수가 의문을 갖지 않을 일. 그런데 무려 네 개의 공백이 나온 것이다.

"왜죠?"

유쾌하가 강토와 상미를 바라보았다.

"죄송합니다. 교수님, 강토 오빠는 냄새를 거의 맡지 못하는 후맹이고 상미 언니 역시 냄새에 아주 약합니다. 참고해 주세요."

강은비가 과 대표 자격으로 설명을 붙였다. 비하인드 스토리가 있으니 신경 끄고 다음 과정으로 가자는 뜻이었다.

"후맹이라면 아주 냄새를 못 맡는다는 건가요?"

유쾌하가 확인에 나선다.

"그 말은 사실입니다. 하지만 지금은 냄새를 맡을 수 있습니다."

"우우."

강토 말에 학생들이 웅성거렸다. 강토가 찐 후맹인 것은 어제오늘의 일이 아니었다. 외국과 국내 대학병원에서 모두 두 손을 들었다는 사실도 대부분 알고 있었다. 그런데 급 후맹 탈출?

다인은 거의 울기 직전이다. 강토가 일을 크게 벌이고 있다고 본 것이다.

"그러니까 후맹이라서 몰라서 안 쓴 건 아니라는 거군요?"

"예."

"그리고 보니 아까 밥 향도 그 조에서 맞혔군요?"

"예."

"그럼 한번 들어 볼까요? 다른 친구들처럼 답을 쓸 수도 있었는데 비워 두었다? 왜일까요?"

"우선 제가 비워 둔 네 가지는 에센스와 샘플이 일치하지 않습니다."

"다른 향료다?"

"예."

"계속하세요."

어느새 유쾌하는 강토 앞까지 다가왔다. 그는 이창길처럼 강토에게 선입견을 가지고 있지 않았다. 지금 이 순간의 팩트만을 보는 것이다.

"참기름부터 말씀드리자면 에센스의 것이 연약합니다. 얼핏 맡으면 같은 향조 같지만 확실히 다르니 향조가 흐리면서 섬세하다고 할까요?"

"또요?"

"인삼 향도 그렇습니다. 파우더와 에센스는 다른 물질입니다. 에센스의 인삼 향이 더 가볍고 더 부드럽습니다."

"수박은요? 뭐가 다르죠?"

"수박 파우더는 달콤한 과일 향이 묻어납니다. 하지만 에센스의 수박 향은 단맛보다 아련한 쪽입니다. 가만히 음미하면 은은한 물비린내도 나고요."

"물비린내라? 어느 물 말이죠? 바다? 강?"

"바닷물은 아니니 민물이겠죠."

유쾌하가 묻고 강토가 답한다. 이런 풍경은 원래 이창길과 남경수 혹은 강은비가 연출하던 장면이었다. 실습실 내에서는 언제나 듣보잡이자 열외였던 윤강토. 그렇기에 학생들에게는 낯선 풍경일 수밖에 없었다. 특히 남경수와 강은비에게는 더.

"계속하세요."

유쾌하의 관심은 아직도 진행형이었다.

"장미 또한 다른 물질입니다. 제라니올과 시트로넬롤, 2—페닐에탄올 등은 분명 장미 향이지만 다른 잡향이 있습니다. 마린이나 아쿠아 계열의 향이 묻은……."

"미치겠다, 진짜."

남경수와 강은비가 동시에 이마를 짚는다. 저 말은 이창길이 해도 오버로 보일 일이었다. 하물며 후맹이었던 윤강토라니.

"아쿠아나 마린 계열?"

"희미하지만 느껴집니다."

"그렇다면 그 네 가지는 무엇일까요?"

"죄송합니다. 제가 오랫동안 후각이 나빠서 아직 맡아 보지 못한 것들입니다."

"학생 이름이?"

"윤강토입니다."

"윤강토……."

"……."

"여러분."

학생들을 향해 돌아선 유쾌하.

실습실 내의 이목이 그에게 집중되었다.

윤강토는 이제 죽었다.

거의 모든 학생들이 그렇게 상상할 때 유쾌하의 입에서 대반전의 설명이 나왔다.

"다시 한번 박수를 보내 주세요. 윤강토 학생이 맞았습니다. 저 넷은 에센스와 파우더가 각기 다른 재료입니다."

"어억."

남경수와 강은비가 비명을 토했다.

"강토 말이 맞대."

"말도 안 돼."

실습실이 발딱 뒤집힌다. 모두가 경악하는 순간이었다.

*　　　*　　　*

남경수와 강은비의 얼굴에 파란이 스쳐 갔다. 유쾌하가 들어오는 순간, 둘은 행복했다. 후각이라면 자신 있었기 때문이었다. 그런데 반전이 일어났다. 처음에는 강토의 운으로 생각했다. 강토의 이론 성적은 에이스들과 같거나 그 이상이다. 고리형 알코올과 알데히드 실습시간에는 관련 물질 제법을 좔좔 읊어 버리는 바람에 교수의 넋을 후린 적도 있었다.

하지만.

후각은 아니었다.

그런데…….

"여러분의 후각에 착오를 일으킨 물질들."

보드 앞으로 다가선 유쾌하가 사진 네 장을 들어 보였다.

"바로 여기서 유래된 향조였습니다."

"……!"

사진을 본 학생들은 한 번 더 넋을 놓았다.

네 장의 사진 중에서 알 수 있는 건 두 장뿐이었다. 하나는 김이었고 또 하나는 해당화였다.

"수박 냄새의 주인공은 바로 이 민물 김입니다. 맑고 청정한

계곡에서 자라는 우리 식물입니다. 이 민물 김을 말려서 구우면 수박 냄새처럼 시원하고 부드러운 향이 납니다. 우리 윤강토 학생이 말한 은은한 물비린내도요. 왜 아니겠습니까? 이 민물 김은 청정수에서만 나오기 때문입니다."

유쾌하의 설명이 해당화로 이어진다.

"해당화입니다. 이 또한 윤강토 학생 말처럼 장미와 비슷한 성분들이 많습니다. 장미 대용으로 개발해도 좋을 것 같습니다. 하지만 해당화는 주로 바닷가에 자생하죠. 그래서 아쿠아 향이 깃들었던 겁니다. 여러분이 알다시피 천연 향에는 그 주변의 냄새 분자들까지 포함되는 경우가 많으니까요."

"아."

학생들이 자지러진다.

"그리고 이 두 가지… 이건 여러분에게 좀 낯선 식물일 것 같은데 하나는 뚝새풀 씨앗이고 또 하나는 댑싸리 씨앗입니다. 뚝새풀 씨앗은 볶으면 참깨처럼 고소해집니다. 댑싸리는 삶으면 상쾌한 인삼 향이 나죠."

"……."

"윤강토 학생."

"예."

"솔직히 기대하지 못했는데… 사과드립니다. 제 상상을 넘어 버렸습니다."

"감사합니다."

"우리 윤강토 학생에게 다시 한번 박수를 부탁드립니다."

유쾌하가 청하자 학생들이 박수를 보내 왔다.

"와아아."

상미는 손바닥이 터질 지경이다. 다인과 준서도 박수를 아끼지 않았다.

"아오오, 윤강토."

상미가 좋아 어쩔 줄을 모른다. 그 주체하기 어려운 감정 폭발은 유쾌하의 강의가 진정시켜 주었다.

"이 향들은 모두 우리 향입니다. 로즈와 재스민, 히아신스, 아이리스, 은방울꽃, 제비꽃, 라벤더… 향료에 있어 텍스트처럼 쓰이는 향이 아니라 우리 향조를 들고 온 데에는 이유가 있습니다."

유쾌하의 목소리가 묵직해지기 시작했다.

"이미 눈치채셨겠지만 우리나라에도 좋은 향이 될 소재들이 많이 있습니다. 그것들도 염두에 두었으면 하는 바람 때문입니다."

"……."

"그럼 두 번째 실습으로 갑니다."

유쾌하의 가방이 또 열렸다.

이번에는 다섯 에센스였다.

에센스.

그 자체로는 역한 냄새에 지나지 않는다. 그러나 에탄올이나 알코올 속에서는 달랐다. 봉인이 풀리면서 아름다운 향기가 되는 것이다. 무수에탄올을 대신해 사이클로메치콘이 준비되었다. 그 위에 에센스가 떨어졌다.

화아앗.

향이 피어오르기 시작했다.

"이번에는 역으로 맨 뒤의 조부터 시향 합니다. 시간은 역시 10분 드립니다."

유쾌하가 강토 조를 바라보았다.

"가자."

강토가 일어섰다. 상미가 그 뒤를 따랐다. 가면서 다인을 바라본다. 다인이 어깨를 으쓱해 보인다. 오늘은 어쩐지 강토가 달라 보였다.

다섯 에센스.

작지만 위풍당당해 보였다. 자그마치 유쾌하가 준비해 온 에센스.

미치도록 궁금했다.

상미가 먼저 집중한다. 후각이 둔감한 상미였다. 그래도 향을 느껴 보려고 사력을 다한다. 그 노력만큼은 매번 폭풍 감동이었다.

"재스민?"

첫 에센스에 대한 상미의 느낌이었다.

"이건 멜론 같아."

두 번째 에센스에 대한 평도 나왔다.

시나몬, 사향, 몰약.

사향과 몰약의 시간은 많이 걸렸지만 대강의 감을 잡아냈다.

"맞아?"

자리로 돌아오며 상미가 물었다. 어느새 그녀는 강토의 후각에 기대고 있었다.

"큰 향조는 맞는 거 같아."

"와아."

"하지만 다른 게 있어."

"그렇겠지? 이렇게 쉬운 걸 낼 리 없잖아?"

"내 생각도."

"노트 구분일까? 라이트에서 딥으로?"

"그렇게 묶기에는 조합의 아귀가 안 맞아. 멜론에서 재스민, 시나몬에서 몰약과 사향. 프루티에서 플로랄로 스파이시에서 수지와 머스크……"

"그럼 네임드 향수들의 하트노트 성분?"

"재스민을 중심으로 삼으려면 파출리와 너트메그 정도는 나와 줘야지."

"아, 맞다."

상미가 생각을 고른다. 재스민과 파출리는 서로를 기막히게 부각시킨다. 너트메그 역시 플로럴 재스민의 신비성을 한

층 살려 주는 향조였다.

"아, 그럼 뭐야?"

상미가 울상이 된다.

"잠깐만."

강토가 다시 앞으로 나갔다. 한 번 더 에센스의 냄새를 맡는다.

'재스민, 멜론, 시나몬, 몰약, 사향……'

그 향은 분명했다.

각 조도 논쟁이 붙었다. 대다수의 조는 다섯 향조를 알아냈다. 상미가 알 정도니 크게 어려울 것도 없었다. 게다가 그렇게 어려운 향도 아니었다.

그래서 다들 불안했다.

대아네모네의 마스터 조향사가 이런 문제를 들고 올 리 없다는 불안이 엄습한 것이다.

"자, 이제 답을 쓰세요."

"교수님."

강은비가 손을 들었다. 유쾌하는 교수가 아니지만 상관없다. 대학에서, 강단에 서면 누구든 교수 호칭을 받을 수 있었다.

"말하세요."

"힌트 없나요?"

"힌트?"

"네."

"힌트는 앞선 문제에서 이미 드렸습니다."

이미?

그제야 학생들의 정신이 번쩍 돌아왔다. 역시 복선이 있는 문제였다.

요 전 문제.

처음에 맡은 냄새가 답이 아니었다.

"그럼 이것도 다른 원료가 있다는 거야?"

"아, 그럼 대체 뭐야?"

몇몇 조가 낙담의 수렁에 빠진다.

자리로 돌아오는 강토 표정은 달랐다. 미소가 감돈다. 유쾌하가 말하기 전에 감을 잡은 것이다.

"답안 발표합니다. 정답이라고 생각하는 답을 써서 들어주세요."

유쾌하가 시간을 잘랐다.

「재스민, 멜론, 시나몬, 몰약, 사향」.

이렇게 쓴 조가 절반 이상이었고.

「플로럴과 푸르티, 스파이시, 수지와 머스크의 대표 향들」.

…이라고 쓴 조가 하나였다. 그 조는 남경수와 강은비 조였다.

유쾌하의 시선이 강토 조로 날아갔다. 다른 조의 시선도 그걸 따라왔다.

단 한 번도 실습시간에 주목받아 본 적이 없는 강토와 상미. 오늘은 달랐다.

　이번에도 답은 강토가 공개했다.

　「로즈」.

　강토 조의 답은 단 한 단어였다.

　로즈.

　답을 본 학생들이 웅성거리기 시작했다.

　「재스민, 멜론, 시나몬, 몰약, 사향」.

　로즈는 조향의 역사이자 주인공이다. 지상의 어떤 조향사도 로즈를 제외하고 향수를 생각할 수 없다. 그러나 이들 다섯 향조와 어떤 연관이란 말인가?

　재스민이라면 로즈의 맞수로 꼽힌다.

　사향은 로즈와 연관될 수 있다. 오리스와 미모사, 장미는 사향의 패밀리로도 꼽힌다. 사향 냄새가 나는 것이다.

　그러나 멜론은?

　시나몬은?

　"로즈……."

　유쾌하의 표정이 굳는다.

　주목하던 남경수의 입가에 냉소가 번지기 시작했다. 우연이나 행운은 한 번으로 족하다. 마침내 후맹의 한계가 드러나는 것이다. 강은비도 같은 생각이다. 시선이 마주치자 둘은 끄덕,

고갯짓으로 공감을 확인했다.

순간, 유쾌하의 표정이 반전을 이루었다. 일그러지던 미간이 다림질을 받은 듯 시원하게 펴진 것이다. 그리고 또 한 번 대반전의 순간을 만들어 놓았다.

"정답입니다."

콰앙.

실습실에 핵이 폭발했다. 학생들의 선입견을 완벽하게 무너뜨리는 핵폭발이었다. 또다시 강토였다. 에이스들조차 감을 잡지 못하는 문제를 맞힌 것이다.

"설명을 들을 수 있을까요?"

유쾌하만 혼자 유쾌하다.

"네가 해."

강토가 상미를 돌아보았다. 둘은 한 조였다. 그녀는 이미 강토의 설명을 들었다. 그렇기에 그녀 역시 정답 설명에 문제가 없었다.

"이 문제는 향기의 원천을 찾아내는 겁니다. 재스민과 멜론, 시나몬과 몰약, 사향 향이 나는 다섯 향기는 모두 장미에게서 왔습니다."

"앗?"

강은비 입에서 실비명이 튀어나왔다. 그녀가 미친 듯이 노트를 열었다. 몇 장이 구겨지도록 빨리 넘긴다. 거기 답이 있었다. 로즈의 종류에 대해 깨알처럼 적어 둔 필기. 로즈는 자그마치 1만여 종. 그러나 그 향은 같지 않았다. 향 역시 다양했으니 로즈가 향수의 제왕으로 꼽히는 데는 그런 이유가 있었던 것이다.

강은비 얼굴은.

시들어 떨어진 장미 꽃잎처럼 삭아 버렸다.

이론과 후각을 완벽하게 겸해야만 맞힐 수 있었던 문제.

그게 이번 문제였던 것이다.

그 절망 속으로 상미의 확인 사살이 이어졌다.

"장미의 종류는 셀 수도 없이 많습니다. 우리가 맡았던 저 다섯 에센스 역시 그 장미 품종에서 왔습니다. 재스민 향은 에클란타인, 멜론은 수베라이네, 시나몬은 메이, 몰약은 로사 아르벤시스, 마지막으로 사향은 야생 모스카타종입니다. 이것들 외에 히아신스 향의 유니크 존, 복숭아 향의 소크라테스 등이 있습니다."

쿵.

쿵쿵.

상미의 설명에 다른 조들은 초토화가 되었다. 아직 학생들이었다. 잘해야 한다는 건 알고 있지만 그건 머리뿐이었다. 머리와 심장, 후각의 삼위일체는 노련한 조향사들의 몫이었다.

그런데.

그게 실습실에서 일어난 것이다.

그것도 찌질한 두 후맹이 짝지은 조에서.

"박수는 이럴 때 치는 거 아닐까요?"

유쾌하만은 여전히 제정신이다. 그는 이제 굉장히 고무된 표정이었다.

짝짝짝.

"와아아."

다인과 준서는 기립 박수에 괴성까지 지른다.

일부 학생들이 강토와 상미에게 몰려들었다.

"뭐야?"

"강토 형, 대체 어떻게 된 거야?"

"이제 냄새 맡을 수 있어?"

모두가 한마디씩 묻는다. 강토가 예비역이니 상당수 학생들은 강토보다 어렸다.

강토의 대답은 간단했다.

"I CAN."

"좋습니다, 여러분."

유쾌하가 다시 강의를 이어갔다.

"장미는 무려 1만 종. 우리 조향사들에게는 축복의 향이죠. 장미가 없다면 조향사의 상상력은 절반 이하로 떨어질 겁니다. 그만큼 장미의 심오함은 백번을 강조해도 과하지 않습니다. 이 말은 곧 여러분들도 조향사를 꿈꾼다면 장미에 대해 제대로 알아야 한다는 것입니다."

"……."

실습실 분위기가 펄펄 끓기 시작한다.

"지금 그라스는 장미 시즌입니다. 모든 장미 농장들은 해가 뜨기 전부터 장미꽃을 수확하느라 바쁩니다. 장 폴 겔랑이 골든 타임으로 꼽는 시간이 있는데 아는 사람?"

"아침 8시요."

학생들이 외쳤다.

"좋아요. 사실 요즘은 그라스보다 불가리아와 터키가 더 바쁘죠. 이 싱싱한 장미 꽃잎 100kg에서 10㎖ 정도의 에센셜 오일이 나옵니다. 그야말로 새의 눈물 정도 되는 양이죠. 이렇게 나온 천연 장미 향은 가격도 고가입니다. 그러다 보니 향료 회사들은 장미 합성 향에 몰두하게 됩니다. 여러분도 실습 시간에 합성해 보셨죠?"

"예."

"그런 노력 덕분에 여러분들이 향 실습시간에 장미 에센스를 사용할 수 있는 겁니다. 아니면 가격 때문에 꿈도 못 꿀 일이죠."

"……."

"그러나 최고의 조향사들은 또 다른 갈래를 찾아갑니다. 포름알데히드 반응으로 만든 장미 향, 3-사이클로헥사닐 카비놀, β-페닐에칠알코올 등의 합성 향 외에도 장미 향을 구현할 수 있는 길은 얼마든지 있습니다. 예를 들면 아까 체험한 해당화도 실례가 되겠고, 나아가 제라늄 버번을 이용할 수도 있습니다. 제라늄 버번에서도 거친 장미 향이 나거든요."

제라늄 버번.

학생들의 노트에 또 하나의 메모가 추가되었다. 그건 강토도 같았다. 블랑쉬의 후각은 가히 천재적이었지만 그가 현대의 향 분자까지 체험한 것은 아니었다.

"여기서 제가 준비한 오늘의 마지막 실습에 들어갑니다."

유쾌하가 다른 상자를 열었다. 모두가 집중한다. 학생들은 이미 유쾌하의 강의에 퍼펙트하게 빠져 있었다.

토독.

다시 작은 에센스들이 줄을 선다. 모두 여섯 병이었다. 검지손가락만 한 병들을 꺼내 놓은 유쾌하의 시선이 강토에게 날아갔다.

*   *   *

"과 대표."

"예?"

"나와서 실습 준비를 좀 도와주겠습니까?"

유쾌하가 강은비를 불러냈다. 강은비는 전자저울 위에 비커를 놓고 영점을 맞춘다. 유쾌하가 간단한 제법 메모를 건넨다.

실습실에서 쓰는 무수에탄올과 정제수가 계량되었다. 프로

필렌글리콜이나 에말엑스 등의 잡다한 첨가물은 모두 생략이다.

에센스의 양을 확인한 강은비가 마이크로 피펫을 잡았다. 노란 팁이 장착된다. 에센스로 향하는 그녀의 손이 떨린다.

톡.

첫 번째 에센스가 떨어졌다. 비커의 중앙에 떨어졌다. 기본대로 수직 낙하였다. 향수 제조에 들어가는 물질은 비커나 용기의 언저리에 묻으면 안 된다.

바로 장미 향이 올라왔다.

틱.

첫 에센스를 적하한 팁이 마이크로 피펫에서 분리된다.

톡.

두 번째 에센스가 떨어졌다.

또 장미 향이었다.

톡……

마지막으로 여섯 번째 에센스가 떨어졌다.

그 또한 장미 향이었다.

장미.

여섯 개의 향이 피어오르니 학생들의 후각이 전격적으로 반응을 했다.

장미 향이다.

이번에는 어떤 질문이 나올 것인가?

학생들이 바짝 촉각을 세운다.

"여러분."

유쾌하가 그 긴장의 안개를 헤치고 나왔다.

"무슨 향인지 아시겠죠?"

"로즈."

학생들이 답했다.

"거기 학생, 나와서 확인해 보세요."

유쾌하가 남경수를 지목했다. 테이블로 나온 그가 블로터를 넣었다. 젖은 블로터에서 장미 향이 진동을 했다. 이 향은 블로터를 적시지 않아도 알 수 있을 정도였다. 그러나 몇 번 의표를 찔리고 보니 차분하게 시향 하는 남경수였다.

"전부 장미 향이 납니다."

남경수가 답했다. 그러면서도 한편으로는 불안감이 가시지 않은 표정이었다.

"수고했어요. 자리로 돌아가세요."

유쾌하가 남경수의 자리를 가리켰다.

"여러분의 친구가 확인했다시피 모두 로즈 향입니다. 그러나."

유쾌하가 브레이크를 밟았다. 학생 모두의 긴장이 칼날처럼 일어났다.

―그러나.

그 뒤에 나올 말에 촉이 일어선 것이다.

"이 여섯 향 안에 천연 장미 향이 하나 들어 있습니다. 그걸 구분해 내는 게 오늘 제가 준비한 라스트 미션입니다."

여섯 장미 향 속에 숨은 찐 장미 향.

쉽게 보이지만 전혀 쉽지 않은 문제가 나왔다.

"이번에도 10분 드립니다."

웅성거리는 학생들 앞에 유쾌가 반듯한 선을 그어 버렸다.

"아오."

"다 장미 향이야."

"미치겠다."

학생들이 몸서리를 쳤다. 어느 것도 장미 향이다. 감쪽같은 성형 미인들 사이에 자연 미인을 세워놓고 찾는 것 이상이었다.

"잠깐만."

남경수가 나섰다. 그가 여섯 장미 향의 줄을 세웠다. 향의 농도대로 늘어놓은 것이다. 그래도 의문의 퍼즐은 드러나지 않았다.

"오빠, 이건 해당화 같지 않아?"

강은비가 향 하나를 골라 남경수에게 묻는다. 아까 맡은 향의 기억이 남은 것이다.

맞아?

상미가 강토에게 속삭였다.

끄덕.

강토가 동의를 했다. 강은비의 후각도 우수하다. 오늘도 강토가 아니었다면 제대로 떴을 그녀였다. 남경수와 함께.

"이것도 향이 좀 약한 거 같아."

남경수도 자기 몫을 한다. 상미가 다시 강토를 바라본다.

끄덕.

또 동의를 했다.

상미도 다가서서 향을 음미한다. 강토가 그랬던 것처럼 블로터 여섯 개를 한 손에 펼치고.

스윽.

겉멋 호사도 부려본다.

"그냥 장미야."

그녀가 급좌절한다.

"얘가 좀 까칠한 거 같고……."

그사이에 강은비가 또 한 건을 올린다.

끄덕.

강토가 또 한 번 동의를 표한다.

대개의 학생들은 해당화와 가장 약한 향, 가장 거친 향을 마음에서 지웠다. 남은 건 세 가지였다. 학생들의 마음을 끄는 건 다섯 번째 비커였다. 거기서 풍기는 장미 향이 가장 전형적이었다.

"이제 답을 정하세요."

유쾌하가 정리에 나섰다.

자리로 돌아간 학생들은 골머리를 앓았다. 간단히 생각하면 6지선다형이다. 그러나 필기시험처럼 찍어서 될 일이 아니었다. 그렇게 넘어갈 유쾌하도 아닌 것 같았다.

"답안 공개하세요."

유쾌하가 명하자 학생들이 답안을 펼쳤다.

⑤

다섯 번째 비커의 향을 택한 조가 절대다수였다.

남경수와 나머지 두 팀은.

④

그리고 강토는…….

③

학생들의 시선이 강토에게 쏠렸다. 오늘의 실습실 분위기는 완전히, 강토에게 넘어와 있었다.

"5번을 선택한 학생들, 누가 이유를 설명해 볼까요?"

유쾌하가 실험대 가운데 공간으로 나왔다.

다인이 손을 들었다.

"말해 봐요."

"장미 향을 많이 맡아 보지는 못했지만 그래도 전형적인 인상이었습니다. 그래서 선택했습니다."

"좋아요. 다음, 4번 선택 조들?"

"천연 장미와……"

남경수와 강은비, 둘의 발언이 동시에 나왔다. 강은비를 바라본 남경수가 양보를 했다.

"천연 장미와 합성 장미의 차이는 아무래도 복합성일 것 같습니다. 4번 장미에서는 뭐랄까? 거칠고 다듬어지지 않은 자연의 다사한 향이 느껴졌습니다. 그래서 진짜 장미라고 생각합니다."

"아주 좋아, 그럼 우리 윤강토 학생 조는?"

유쾌하의 시선이 강토에게 건너갔다.

"강은비 말이 맞습니다. 천연 향에는 복잡다단한 냄새가 끼어 있죠. 그 오묘함 때문에 합성향료보다 비싼 값을 기꺼이 치른다고 합니다. 그렇게 보면 4번 샘플에도 복잡다단한 향이 느껴졌지만 장미 본래의 향조라고 보기에는 뭔가 부족한 면이 있습니다. 마치 해당화처럼요."

"혹시 말이야……"

유쾌하, 강토를 바라보며 질문을 이었다.

"저 여섯 샘플의 정체도 알고 있나? 다가 아니면 일부라도."

"그럼 샘플 앞에서 말씀드려도 되겠습니까?"

"당연하지."

유쾌하가 허락하자 강토가 테이블로 걸었다.

"이 향은 해당화 향입니다. 모두가 맞혔으니 패싱합니다."

첫 번째 비커는 옆으로 밀었다.

"두번째······."

강토가 에센스를 집어 들었다. 세 방울을 더 첨가한다. 그런 다음에야 블로터를 비커에 넣는다. 그리고 나서 세 번을 흔들었다. 학생으로 보기엔 뜻밖에도 우아한 동작이었다. 아무렇게나 흔드는 게 아닌 것이다.

"이건 포름알데히드 반응으로 얻은 장미 향입니다. 그래서 향이 연합니다."

"······!"

유쾌하의 표정이 굳기 시작한다.

"세 번째는 건너뛰고 이 네 번째 향, 말씀드린 것처럼 이 향은··· 장미 같지만 장미가 아닙니다. 이게 바로 아까 교수님이 말씀하신 제라늄 버번의 향입니다."

"······!"

실습실에는 다시 파란이 일었다.

제라늄 버번.

대다수의 학생들은 이름만 들어 본 꽃이었다. 실제 향은 어떤지 알지 못한다. 그러나 강토는 익숙했다. 정확히 말하면 그의 전생 블랑쉬의 경험치였다.

유쾌하가 어깨를 으쓱해 보였다. 강토는 계속 직진했다.

"다섯 번째 향은 합성 장미 향입니다. 저 유명한 β−페닐에칠알코올이군요."

"잠깐."

남경수가 제동을 걸고 나섰다.

뭐?

강토는 눈빛으로 질문을 받았다.

"β—페닐에칠알코올은 진짜 장미와 거의 같은 향이야. 그런데 그걸 대체 어떻게 구분한다는 거야?"

"진짜 장미와 합성향료의 차이."

강토 손이 두 개의 블로터를 뽑아 들었다. 두 블로터는 각각 3번 비커와 5번 비커로 들어갔다 나왔다.

"확인해 봐."

그 둘을 남경수에게 내밀었다.

얼떨결에 역공을 당한 남경수. 유쾌하가 지켜보니 별수 없이 시향을 했다. 내심으로는 피가 거꾸로 돌았다. 어떻게든 강토를 밟아야 하는데 방법이 없는 것이다.

강은비가 블로터를 받아 든다. 냄새를 맡는다. 그녀 역시 뾰족한 수가 없었다. 아까부터 거푸 맡아 댄 장미 향으로 후각은 갈피조차 잃고 있었다.

"대체 무슨 차이가 있다는 건데?"

남경수는 항변으로 증명을 대신했다.

블로터를 회수한 강토, 보란 듯이 시향을 하며 답을 던져 주었다.

"진정 작용."

"진정 작용?"

"찐 장미 향에는 있고 합성향료에는 없는 것."

강토가 돌아섰다. 남경수는 푸헐 하고 어이 상실에 돌입하지만 유쾌하의 표정은 더 진지해지고 있었다.

이제 마무리가 남았다.

새 블로터가 3번 비커에 들어갔다. 또다시 세 번을 허공에다 흔든다. 이제는 유쾌하까지 최면에 걸려들듯한 분위기였다.

"이 장미 향에는 그게 있습니다. 오묘하면서도 알싸한 장미의 향기. 잡다한 잡향을 시녀로 거느리고 뽐내는 여왕의 자태……."

유쾌하를 향해 예의를 갖추는 것으로 설명을 끝냈다.

"허."

유쾌하 입에서 탄식이 나왔다.

"이야……."

감탄도 이어진다. 둘 다 모두 강토에게 보내는 찬사였다.

"여러분."

물을 마시면서 정신 줄을 추스른 그가 겨우 입을 열었다.

"이제 아시겠지만 오늘 제가 여러분에게 던진 화두는 우리 향과 로즈였습니다. 향수에서의 로즈란 조향사에게 공기와도 같은 존재죠. 그러나 피카소의 그림과 르누와르의 그림이 다르듯 로즈 역시 다루는 사람에 따라 향의 이미지가 달라집니다. 그 소재 역시 무궁무진하니 여러분의 상상력에 도움이 될까 싶어 이것저것 준비를 했던 것입니다. 오늘 여러분의 열정과 수준을 보니 굉장히 흐뭇합니다. 이 강의 정말 잘 나온 거 같습니다. 특히 윤강토 학생."

"예."

"앞으로 기대가 큽니다."

"감사합니다."

"제 수업은 이걸로 마칩니다. 실험 평가는 제가 이창길 교수님께 전달하겠습니다. 여러분 모두가 멋진 조향사가 되기를 바랍니다."

짝짝.

박수가 터져 나왔다. 건성으로 치는 사람은 한 명도 없었다. 다음은 인증 샷 시간이었다. 모두가 유쾌하 곁으로 몰려들었다. 유쾌하는 그렇게 열린 사람이었다.

강토와 상미도 유쾌하를 사이에 두고 인증 샷을 찍었다. 유쾌하가 강토에게 엄지척을 날려 주었다. 유기화학을 비롯해 조향 실습까지. 실습시간을 통틀어 처음으로 인정받은 시간이었다.

"강토 오빠."

"강토 형."

유쾌하가 나가자 실습실은 난장판이 되었다. 상당수 학생들이 강토에게 몰려들었다.

"뭐야? 어떻게 된 거야?"

"오빠, 오늘 후각 쩐이야?"

"존재감 제로에서 완전 사기캐가 됐잖아?"

강토를 덮친 학생들이 질문을 쏟아 냈다.

"숨 막혀, 캑캑."

"야, 다들 안 떨어져?"

상미가 긴급 구조에 나섰다. 오늘은 어엿이 강토와 한 조인 것이다.

"코 좀 보자? 프랑스 간다더니 코에 기체색층분석기라도 삽입한 거냐?"

두 살 많은 준서는 핀셋으로 코라도 후빌 기세다.

"아, 진짜……."

강토가 몸서리치며 학생들을 밀어냈다.

"신기해서 그러잖아? 얘들아, 오늘 이거 실화냐?"

"꿈같기도 하고……."

다인이 장단을 맞춘다.

"꿈이라도 사기캐야. 너희들 이런 꿈 꾼 적 있냐? 난 군대 취사병으로 쪽잠 잘 때 장군들 조인트 까는 꿈은 꿔 봤지만 이런 꿈은 못 꿨다."

"이건 장군 조인트 까는 거보다 더 대박 사건이야. 형, 유쾌하 교수님 놀라는 거 못 봤어?"

뒷줄의 학생들은 아직도 꿈나라 속에서 몽롱하다.

"그럼 강토하고 상미가 아네모네 인턴 가는 거야?"

거기서 팩트 체크가 나왔다.

"글쎄……."

몇몇이 의구심에 발을 담근다. 오늘 실습 성적으로 줄을 세운다고 했지만 최종 결정은 역시 이창길 마음이다. 약속을 찰떡처럼 지키는 사람도 아니다. 무엇보다 중요한 건 강토와 상미가 그의 애제자가 아니라는 사실이었다.

실습실 정리가 끝났다.

그래도 몇 학생들은 실습실에 남았다. 상미와 준서, 다인 등이었다. 상미는 샘플 일부를 개인 용기에 담았다. 집에 가서 연습을 하려는 것이다. 준서와 다인도 다를 게 없었다.

상미는 뭐든 모은다. 후각 센서의 사양이 좋지 않으니 노력으로 버티는 것이다.

여기서 다인과 준서 소개도 해야 할 것 같다.

다인은 원예학을 배우다 조향의 매력에 빠져 복수전공을 택한 케이스였다. 그녀의 집은 먼 곳의 섬 가의도. 그 섬의 상당수가 그녀 아버지의 땅이다. 아버지는 야생화 농장을 하며 서울의 화원에 꽃을 공급한다. 조향에 대한 소질은 평범하지만 꽃에 대해서는 누구 못지않게 해박한 다인이었다.

준서는 조금 다른 각도다. 그는 퍼퓨머보다 플레이버리스트나 쇼콜라티에 쪽에 관심이 많다. 군복무 중에 한식조리기능사 자격을 딴 것을 시작으로 제대 후에는 복학까지 남은 시간

을 이용해 일식, 중식, 양식까지 4관왕을 갖추었다. 여름방학
에는 유명한 맛집과 호텔에서 알바도 했고 겨울방학에는 프랑
스로 날아가 그곳 파티시에 밑에서 인턴도 마쳤다.

　그는 향미의 진수를 갖춘 초콜릿을 꿈꾼다. 먹는 향수를
개발해 그걸 테마로 삼는 구상을 가지고 있었다. 덕분에 초콜
릿도 많이 얻어먹었다. 지난번에 만들어 온 것은 아몬드 향을
첨가한 오페라케이크였는데 맛이 거의 예술이었다.

　"쳇, 나는 아무리 맡아도 그게 그거 같은데?"

　블로터를 집어 든 상미가 강토를 향해 볼멘소리를 냈다.

　"야, 윤강토."

　"왜?"

　"솔까 이실직고해라."

　"무슨?"

　"수술이야, 약이야?"

　"그러니까 뭐?"

　"후각 말이야. 어떻게 하면 그렇게 바뀔 수 있는 거냐고? 너
프랑스에서 후각 수술 같은 거 받았지?"

　"너도 하게?"

　"그래."

　"그럼 딴생각 말고 그라스에 가 봐."

　강토가 잘라 말했다.

　　　　　*　　　　　*　　　　　*

"수술 대신에 광활한 꽃밭에서 3박 4일 정도 자고 일어나면 코가 뚫릴 거다."

"네가 그랬다는 거야?"

"응."

"자꾸 장난칠래? 나 좀 심각하거든?"

상미가 강토 어깨를 후려쳤다.

"그럼 이건 어때?"

강토가 사진 한 장을 불러냈다. 스타니슬라스와 그의 향수 오르간이었다.

"우와, 진짜 프랑스 조향사?"

다인도 자지러진다. 분위기부터 압도적인 것이다.

학생들의 접근조차 막고 있는 이창길의 향수 오르간보다 백배는 좋아 보였다.

"그라스 어느 연구소?"

"아스포 수석 조향사 스타니슬라스 님. 검색해 봐."

토도독.

강토 말이 끝나기도 전에 세 멤버들의 손이 번개처럼 움직인다.

"오옷, 진짜야."

"대박."

셋이 동시에 자지러졌다.

"그러니까 이분 만나면서 네 후각이 뚫렸다? 뻥 하고?"

준서가 물었다.

"그렇다니까."

"무슨 향 같은 거 쓴 거야? 초강력 멘톨이라든지, 아니면 캠퍼나 비트아몬드 향 같은 거?"

캠퍼나 비트아몬드 향은 강력하다. 진한 사향조차도 그 향만은 가리지 못한다.

"그런가? 보다시피 지상의 모든 향을 갖추신 거 같잖아?"

"그럼 이분이 뚫어뻥이네? 네 후각의 뚫어뻥."

다인도 고무된다.

"그럼 다시 막히는 거 아니야? 그분에게서 멀어졌으니?"

상미가 엉뚱한 걱정으로 넘어간다.

"아주 악담을 해라. 악담을."

논란을 마무리한 강토가 선반 시약장의 물건을 죄다 끄집어냈다. 실습 때는 열어 놓으니 지금이 공부하기 좋은 기회였다.

"뭐 하려고?"

"그동안 못 맡은 냄새 좀 몰아서 맡으려고. 다들 퀄리티가 저렴한 것들 같긴 하지만."

대학 실습실 실험 재료가 좋으면 얼마나 좋을까?

강토가 합성향료와 첨가물 등의 뚜껑을 열어젖히기 시작

했다.

"수고 많았습니다."

교수실의 이창길이 유쾌하를 맞이했다. 옆에는 라파엘 교수도 자리를 하고 있었다.

"여긴 라파엘 포그바 교수십니다. 나와 함께 조향 실습을 맡고 있지요."

이창길이 라파엘을 소개했다.

"그라스의 플로럴 콘셉트에서 일하다 한국으로 오셨어요. 우리 학교 보물이십니다."

이창길의 소개가 이어진다.

"그래, 오늘 수업 소감은 어땠습니까? 제가 무리한 부탁으로 민폐나 끼치지 않았는지……."

"아닙니다. 아주 유쾌했습니다."

"학생들 수준은요? 올해 뛰어난 애들이 한둘 있기는 한데 현역 베테랑 조향사 눈에는 어떨지 궁금하군요."

"대단하더군요. 솔직히 기대 이상이었습니다."

"진심이신가요?"

"다들 기본도 좋고 향에 대한 열정도 놀라웠습니다."

"미안하지만 어떤 강의를 했는지 좀 들어도 될까요? 우리도 참고가 될 것 같아서……."

"한국적인 향의 필요성을 주지시키는 것과 로즈에 대해 심

화학습을 했습니다. 필드에 나가려면 로즈만큼은 마스터가
필요하니까요."

"로즈라면 어떤?"

"합성 향과 천연 향, 대체 향을 실습시켜 주었죠. 일정 수준
을 갖추게 된다면 조향은 결국 창의력 싸움 아니겠습니까?"

"그렇죠."

"마무리로 제라늄 버번과 해당화, 기타 합성 장미 향에 천
연 장미 향을 고르게 했는데 기막히게 구분하는 친구가 있더
군요."

"남자인가요, 여자인가요?"

"남자였습니다."

"그럼 남경수였겠군요?"

이창길이 라파엘을 돌아보며 웃었다.

"그럴 것 같습니다. 졸업반 학생들 중에서는 강은비와 함께
후각이 뛰어난 학생이죠."

라파엘도 동의한다.

"남경수라고요?"

유쾌하가 물었다.

"그래요. 이번 졸업반 중에 눈에 띄는 두 사람이 있는데
남경수와 강은비라는 학생입니다. 여기 라파엘 교수께서도
ISIPCA나 지보단의 퍼퓸머리 스쿨로 보내야겠다고 할 정도입
니다만."

"제가 본 학생은 다른 이름이던데요?"

"다른 이름이라고요?"

"그… 처음에 교수님이 향수를 뿌리고 왔다고 지적하신 학생인데 이름이 윤강토라고……."

"윤강토요?"

이창길과 라파엘의 시선이 허공에서 만났다. 너무나 의외라는 눈빛이었다.

"뭘 잘못 아셨겠죠? 윤강토 학생은 거의 후맹입니다. 조향은 어렵습니다."

이창길이 잘라 말했다.

"하지만……."

"라파엘 교수님, 제 말이 틀렸습니까?"

이창길이 라파엘을 돌아본다.

"맞습니다. 강토는 역치가 최악입니다. 평균치의 후각에서도 10배 이하로 둔감합니다. 제가 직접 가스크로마토그래피도 동원하고 희석 물질을 써서 비교 측정을 했거든요. 이 학생이 이론 수업에는 뛰어난 편이라 아까워서요."

"하지만 제 수업에서는 신들린 후각으로……."

"그랬다면 아마 외워서 맞혔을 겁니다."

"외운다고요?"

"제 첫 실습시간에도 그랬거든요. 이 학생이 대표적인 천연향료 13개를 달달 외워 가지고 와서 맞혀 버리는 바람에 뒤집어졌었죠. 쓸 만한 학생이 있구나 하고 좋아했는데 두 번째 수업에서 들통이 났습니다. 대표로 불러내 시향을 시켰는데 기본 향조차 구분을 못 하더라고요. 지난 시간에는 그렇게 줄줄이 구분해 내던 향을 말입니다."

라파엘의 한국어는 제법 유창했다.

"하지만 제 수업은 외워서 할 수 없는… 게다가 전에는 후각이 안 좋았지만 이제 괜찮아졌다고도 했거든요?"

"윤강토가 그랬다고요? 이제 괜찮아졌다고?"

"예."

"무슨 일이 있었는지 모르지만 뭔가 착오가 있을 겁니다. 지난 수업까지도 재스민과 장미 향조차 제대로 구분하지 못 하던 학생입니다. 아마도 유 실장님 눈에 들어 인턴에 선발되고 싶은 마음에 무슨 수를 꾸민 모양이군요."

라파엘이 이창길의 말을 자르고 나왔다.

"이 교수님, 후각은 뜻밖에 좋아질 수도 있습니다."

이창길이 라파엘을 바라보았다.

"죄송합니다. 이 일은 내가 따로 알아보겠습니다."

이창길은 더 이상의 논란을 원치 않았다. 그렇기에 유쾌하를 향해 마무리를 지었다.

"아무튼 앞으로도 잘 부탁합니다. 종종 특강도 좀 와 주시고."

"노력해 보죠."

인사를 나눈 유쾌하가 주차장으로 나왔다. 강의동을 돌아보니 조향 실습을 마친 학생들이 나오고 있었다. 윤강토는 보이지 않았다.

「인턴에 선발되고 싶어서 무슨 수를 꾸민 모양이군요.」

이창길의 말이 귀를 스쳐 간다.

그런 건가?

그런 것도 같았다.

오늘 수업을 위해 준비한 테마가 제법 어려웠기 때문이었다. 그 때문에 평범한 향으로 바꿀까 하다가 밀어붙인 유쾌하였었다.

강토는 정답을 보기라도 한 듯 그 테마를 꿰뚫었다. 이건 아네모네의 트레이너들은 물론, 2단계 위인 퍼퓨머들도 쉽게 맞히지 못할 수준이었다.

─밥 향입니다.

─장미입니다.

─천연 장미 향은 이것입니다.

그의 신분은 조향학 졸업반 학생.

장 폴 겔랑에 버금가는 천재적 후각이 아니고는 있을 수 없는 일이었다.

무슨 수를 꾸몄다고?

쩝.

하긴 이 교수님이 나를 속일 이유도 없고…….

그러고 보니 향 실습시간에 향수를 뿌리고 온 것도 그렇고······.

그 친구 대체 뭐야?

고개를 갸웃거린 유쾌하가 차량에 올랐다. 질 나쁜 머스크를 뒤집어쓴 것처럼 찜찜한 기분이었다.

"강토야, 저 교수님 가신다."

창을 내다보던 상미가 소리쳤다.

"나도 갈 건데?"

강토가 가방을 챙겼다. 테이블에 펼쳐 두었던 실습용 합성 향료와 첨가물 등은 제자리로 돌아간 후였다. 이제 실습실에는 강토와 상미 둘만 남았다.

"다인이하고 준서 형은?"

"먼저 나갔어."

"그럼 우리도 가자."

"그런데······."

"왜?"

"우리 말이야, 인턴에 뽑힐 수 있을까?"

상미가 진지해진다.

"이 교수님이 모두 앞에서 약속했으니 그렇지 않겠어?"

"그렇지? 다 맞힌 건 우리 조뿐이었잖아? 비록 네가 다 한 거지만."

"둘이 했지. 우린 팀이었으니까."

"위로 안 해도 돼. 네가 다 한 거 하느님이 알아."

"하느님은 증인 같은 거 안 서던데?"

"인턴 뽑혔으면 좋겠다. 진짜 조향실, 너무너무 가 보고 싶거든."

"내 조향실 보여 줄까?"

"네 다락방?"

"응, 황동 알람빅도 들여놓을 건데. 방 구도에 맞춰서 말이야."

"오늘 후각은 놀라웠지만 너는 아직 조향사가 아니잖아?"

"이미 조향사일 수도 있어."

"야, 아."

"아무튼 가자. 다음 수업 때 발표한다고 했으니 두고 보면 알겠지."

"나 오늘부터 기도할 거야. 인턴 선발 되게 해 달라고. 아네모네는 몰라도 아무 데라도 가기만 하면 좋겠다."

"기도빨 잘 먹히기 바람."

"어우, 자기도 열라 가고 싶으면서……."

막 실습실을 나설 때였다. 저만치서 남경수가 손짓을 했다.

"야, 윤강토."

"와이?"

"이 교수님이 찾으신다."

"어머."

상미의 마음이 저만치 앞서간다.

"그러니까 와이?"

"내가 아냐? 아까 그 귀신 들린 후각으로 감 잡아 보시지 그래."

"귀신 들린 후각은 원래 네 닉 아니냐?"

"오늘 누가 강탈해 갔거든."

돌려 친 남경수가 멀어진다. 자존심이 제대로 상한 모양이었다.

"아오, 후각은 자기만 잘나야 하나? 기분 락다운 걸리네."

"원래 주인공들은 조연 정도로 성에 차지 않거든. 먼저 가라."

"인턴 이야기하시는 거면 카톡 좀 쏴 줘."

"그래."

다짐을 하고 상미를 보냈다.

"교수님."

이창길 교수실로 들어섰다. 그는 새로운 향수를 시향 하던 중이었다.

"어떻게 된 거야?"

짜증에 권위까지 섞어 놓은 질문이 나왔다.

"뭐 말입니까?"

"유쾌한 실장 특강."

"……?"

"사고 쳤지?"

"사고요?"

"유 실장 말이 자네 후각 센서가 어네스트 보는 물론이고 장 폴 겔랑도 저리 가라였다더군?"

"……."

"이번 인턴 체험 선발 안 된다고 했었지?"

"……."

"자네 심정은 이해해. 그렇다고 이렇게 나오면 곤란해. 유 실장이야 내 직속 후배 소개로 온 사람이라 수습이 가능했지만 다른 사람이었다면 학교 망신이 될 수 있어. 조향은 외워서 되는 게 아니라고 한 말 잊었나?"

"교수님."

"그래도 할 말이 있나?"

"조향사가 되려면 향을 외워야 한다고 하시지 않았습니까? 적어도 800개는 넘어야 한다고."

"내 말은 냄새로 외워야 한다는 거지 자네처럼 머리로 외워서 입으로 쫠쫠거리라는 게 아니잖아?"

"이번에는 교수님 말대로 한 겁니다만."

"윤강토."

이 교수 목청이 높아졌다.

"몇 년 전부터 자네를 지켜봤고 자네도 스스로 인정한 일 아닌가? 후맹에 가까운 후각에 대한 상담을 했던 것도 자네고."

"그랬죠."

"유 실장은 학교 차원에서 공을 들이는 사람이야. 우리 학교 조향학과가 유망 학과로 자리 잡으려면 아네모네와의 연계는 필수적이네. 그렇게 되면 자네들 취업률도 좋아질 테고."

"……"

"그런데 시작부터 초를 치려고 들어? 유 실장 속여서 자네가 인턴으로 가면 거기 쟁쟁한 사람들 앞에서도 자네의 후맹이 밝혀지지 않을 줄 아나? 거기서 사용하는 향료만 해도 5,000가지가 넘어."

"교수님."

"실습시간에 향수를 뿌리고 온 것도 참았는데 이런 만행까지?"

"그건……"

"오늘은 그냥 넘어가지만 다음부터는 절대 안 돼. 알았나?"

"교수님."

"나가 봐."

"교수님 말씀은 알겠습니다. 그리고 제가 후맹이었던 것도 인정합니다."

"아니 다행이군."

"하지만 후맹은 불치가 아니지 않습니까? 다양한 경로로 후맹에서 회복될 수도 있다고 격려했던 것도 교수님이십니다."

"윤강토."

"제가 그중 한 사람이 되었는데 그러면 안 되는 겁니까?"

"뭐야?"

"오늘 일에는 놀라실 수 있다고 봅니다. 하지만 일단은 자초지종부터 물으셔야 하는 것 아닙니까? 제 후맹은 어릴 때 교통사고가 원인이었습니다. 제가 만약 후맹에서 회복된다면 제일 먼저 축하를 해 주셔야 하는 것도 교수님이 아닙니까? 후각만 제대로 갖추면 바랄 게 없다고 하시지 않았습니까?"

"……?"

"하필이면 오늘, 제 후각이 회복되어 교수님 입장이 곤란했다면 죄송합니다. 그래서 입장이 난처했다고 해도 상미의 성적은 반영해 주시기 바랍니다."

"끝까지 인정하지 않겠다는 거로군?"

"사실이니까요."

"가 보게."

이 교수가 문을 가리켰다. 불쾌한 표정이 얼굴에 역력했다.

"그 향수 말입니다."

강토 시선이 이 교수 앞의 향수병으로 향했다. 주체할 수 없는 후각의 발동이었다.

망고.

그 향이 먼저 들어왔다. 망고로 유명한 합성 향에는 옥세인
이 있다. 그러나 그 옥세인은 천연 향과 냄새가 다르다. 옥세
인 자체가 산소와 황을 성분으로 합성된 까닭이다. 천연 향에
는 복잡한 분자 냄새가 끼어 있지만 인공 향은 대부분 한 가
지 냄새만 나는 게 보통이었다.

"가 보래도."

"망고 향으로 쓰는 옥세인에 로토스를 하트노트로 삼으셨
군요. 포인트로 넣은 오우드 향이 달콤한 아몬드 향을 내면서
망고와 시너지를 이루고 있습니다. 애니멀과 레더, 시더우드
향이 자연스레 어우러지는 걸 보니 천연 오우드 같네요."

"……?"

"덕분에 망고 향이 더 풍부하고 달콤하게 부각됩니다. 하지
만 교수님이 가르치신 이론에 의하면 오우드보다 사향이 제격
이었을 것 같습니다."

"네가 지금 내 향수 평을 하는 거냐?"

"죄송합니다."

"가만… 지금 이 향수 냄새를 맡을 수 있다는 거냐?"

"예."

"……?"

이창길이 하얗게 질렸다. 이 향수는 신작이었다. 아네모네
에서 샘플 향수 의뢰를 받은 까닭에 이것저것 구상을 하던

차였다. 하지만 심부름을 시켜 먹는 경수에게도 공개하지 않은 향.

그런데 윤강토가?

"진짜로 향을 맡았다?"

"예."

"사향이 달고 가벼운 향조와 어울린다? 그걸 몰라서 그런 게 아니야. 학교 측에 구매 요청을 한 사향 에센스 예산이 떨어지지 않아서 응용을 한 것뿐이지."

속내를 알 수 없으니 무시해 버렸다. 그런데…….

"저희 실습을 위한 향수의 사향이라면 우리 실습실에 있는 향료로도 만들 수 있습니다."

강토가 도발을 해 왔다.

"뭐야?"

"정말입니다."

"누가? 네가?"

"예."

"허엇, 이 친구가 정말."

"죄송합니다."

"이제 보니까 안 되겠군. 뭔가 단단히 준비를 한 모양인데 자칫 엉뚱한 사고를 칠지도 모르니 그냥 넘어가서는 안 되겠어. 그렇게 자신 있으면 한번 증명해 봐. 성공하면 자네 후각이 회복되었다는 거 믿어 주고 아니면 남은 학기 얌전히 마치고 졸업하도록."

이 교수 눈에 힘이 들어갔다. 권위자로서 본때를 보여 주려는 것이다.

제5장
—
경험치를 내 것으로

실습실 문은 이 교수가 열어 주었다. 불도 그가 켰다.

강토가 에센스를 골랐다. 냄새를 확인하면서 꺼낸 것은 고작 다섯 가지였다.

에탄올은 식물성으로 택했다. 작은 스포이트 몇 개에 삼각 플라스크를 꺼내 놓는 것으로 준비를 마쳤다.

이 교수는 어이가 없었다.

지금 강토가 하는 행동은 둘 중 하나였다.

향수의 향 자도 모르는 학생이 저지르는 만행이거나 향수의 대가가 문득 떠오른 영감을 시범 향수로 만들 때나 볼 수 있는 장면이었다.

하지만.

이 교수의 생각은 급 후자 쪽으로 기울었다. 강토의 자세가 예전과 달랐다.

톡.

별다른 특징도 없는 달달한 향료를 떨구더니 산딸기 향이 추가되었다. 그런 다음 습습한 콘크리트의 향에 $C_{10}H_{16}O$을 떨어뜨리는 것으로 블렌딩이 끝났다.

$C_{10}H_{16}O$은 장뇌다. 캠퍼로도 불리는 이 향료는 약 냄새가 난다. 진한 사향도 이 캠퍼 냄새만은 가리지 못하는 특징을 가지고 있다.

놀라운 건 강토의 손길도 마찬가지였다.

믿기지 않게도 최고의 조향사를 보는 것 같았다. 마이크로 피펫과 기구의 과정을 생략했을 뿐, 손길 하나하나가 유려했다.

조합을 끝낸 강토는 진짜 대가처럼 진중하게 기다렸다. 에탄올을 부은 후에 멋대로 전도 혼합을 하는 만행 따위는 시도조차 않은 것이다.

"다 된 것 같습니다."

한참 후에야 강토가 블로터를 내밀었다.

"……!"

시향을 하기도 전에 이 교수가 움찔거렸다. 코를 쪼는 향 때문이었다. 이 냄새는 분명 장뇌가 아니었다. 무엇 하나 주목할 것 없는 향으로 조합한 강토의 향. 블로터에서 나는 냄새는 '아무튼' 사향이었다.

"가 봐도 될까요?"

강토가 물었다.

이 교수는 대답하지 못했다. 강토가 만든 사향 향 때문이다. 그 팩트에 압도되어 잠시 할 말을 잊은 것이다.

꾸벅.

탁.

인사와 함께 문 닫는 소리가 들렸다. 이제 실습실에 남은 건 이 교수 혼자였다.

강토가 조합한 플라스크를 집어 들었다. 가볍게 흔들며 향을 다시 음미한다.

사향.

다음에는 그 안에 블로터를 담근다. 아예 용액 속에서 휘저어 버린다. 블로터가 흠뻑 젖어 손가락까지 올라올 정도였다.

또 사향.

사향이 맞았다.

이유야 어쨌든 사향 향이 나는 것이다.

아아.

이 교수 다리가 후들거렸다.

창으로 다가가 교정으로 나서는 강토와 상미를 바라보았다. 그 순간에도 사향 냄새는 계속 이 교수의 후각을 쪼고 있었다.

오우드 향.

달콤한 아몬드 향이 난다. 다양한 향을 머금고 있어 베티베르와 함께 중요한 소재로 쓰인다. 소위 블랙골드로 불리는 그 향은 천연 향을 맡아 본 사람이 드물다. 이 교수 역시 유럽에서 맡은 이후로 처음으로 접하는 천연 오우드였다.

그렇기에 웬만한 조향사도 진짜와 가짜를 가려내기 힘들다. 시장에서 유통되는 대다수 오우드가 합성 향인 데다 '이소—E—슈퍼'처럼 저렴한 향도 많이 나도는 까닭이었다.

그런 오우드였다.

그 향을 강토가 맞혔다.

사향은 더욱 놀라웠다. 이런 조합법은 그조차 알지 못하던 제법이었다.

유쾌하 정도가 해낸 일이라면 믿을 수도 있었다. 라파엘도 물론이다.

그런데.

그런데 어떻게.

윤강토 따위가?

제 후각은 회복되었습니다.

강토의 담담한 항변이 사향 향보다 사무치게 메아리를 친다.

'기적이 일어난 건가?'

다시 맡아도 변하지 않는 사향 향.

향으로 먹고살던 조향사 출신이었으니 인정할 수밖에 없었다.

＊　　　＊　　　＊

"그래서? 사향 향을 만들어 줬다고?"

"그렇다니까."

"야, 아. 그게 말이 돼? 사향 향을 우리 실습실에서 어떻게 만들어? 그것도 네가?"

"만들었다니까."

"이 교수님도 인정?"

"그건 교수님에게 물어봐야지."

"그래서 좋다는 거야, 나쁘다는 거야?"

"그것도 교수님에게."

"아, 진짜 쫌⋯⋯."

강토 옆의 상미는 애가 달 지경이었다.

"아무튼 최선을 다했으니까 기다려 보자."

"어휴, 저 무데뽀 여유 좀 봐."

"나 간다."

강토가 먼저 손을 흔들었다.

즉석 사향 향.

블랑쉬의 제법이었다. 알랑의 작업실에는 원료가 떨어질 때도 있었다. 당시의 유럽은 혼란스러웠기 때문이었다. 그래도 왕족이나 귀족들과 계약된 물량은 만들어 내야 했다.

블랑쉬는 머리를 짰다. 사향도 하나의 냄새였다. 많은 냄새들은 다른 냄새로 대체가 가능하기도 했다. 장미 대신 제라늄 버번을 쓰는 게 그랬고 자몽 대신 티무트 페퍼를 쓰는 게 그랬다. 세상에는 자몽 냄새가 나는 후추도 있는 것이다.

냄새의 가닥을 파헤치다 답을 얻어 냈다. 개성 없이 달콤한 향에 산딸기, 장뇌 향, 습습한 모래와 점토, 석회와 자갈 냄새를 섞으니 싱크로율 99%에 이르렀다. 실험 삼아 만들어 알랑에게 내밀자 그가 구분하지 못했다.

회심의 미소는 블랑쉬의 것이었다. 사향을 빼돌리는 일에도 큰 도움이 되었다.

석회와 자갈, 모래와 점토는 콘크리트의 주성분이다. 강토는 단지 콘크리트 냄새에 가까운 향료만 찾으면 되는 일이었다.

물론 천연 사향에 미칠 리 없다. 블랑쉬의 후각을 받은 강토에게는 그랬다. 그러나 이 시대의 조향사들은 오히려 합성향에 익숙하다. 더구나 이창길 교수는 나이를 먹고 있으니 후각 능력이 조금씩 떨어졌던 것이다.

학교에서 나왔다.

다시 냄새 분자의 천국이 펼쳐졌다.

빠앙.

차가 지난다.

'탄화수소와 포름알데히드……'

냄새가 너울거린다. 연소되는 배기가스 속에서 향수에 들어간 원료 냄새가 났다. 걸음을 멈추고 집중한다. 아까 실습실에서 맡은 냄새가 분명했다.

'황화합물……'

냄새의 갈래를 쫓아간다. 블랑쉬가 그랬던 것처럼. 그는 모르는 냄새를 만나면 그 물질을 먹어서라도 기억했었다.

'1—ρ—menthene—8—thiol……'

마침내 가닥을 잡는다. 이 황화합물은 향료 조합에 미량 성분으로 들어가는 경우가 많았다.

와우.

쾌재가 절로 난다. 몇몇 사람들이 쳐다보지만 상관없었다. 그들이 이 기분을 알 리 없었다. 그들 눈치 따위는 보고 싶지도 않았다.

한우 생갈비집 앞을 지난다.

'4—하이드록시—5—메칠……'

군침이 돌며 풍후한 이미지가 그려진다.

코를 벌름거리며 계속 걷는다. 코가 열리면서 블랑쉬의 시대와 강토의 시대 냄새가 서로의 간극을 채우는 것이다. 숨쉬는 것 자체가 공부였으니 연상 노트는 점점 두꺼워져 갔다.

조향.

일단은 화학적 소양이다.

이단은 후각적 재능이다.

둘 중 하나를 선택하라면 후각이 유리하다.

그다음이 창의적인 영감이었다.

남의 것이나 베끼는 재주는 학생이나 '트레이니' 때로 충분한 것이다.

저만치에서 커피 향이 풍겨 온다.

'으음, 진한 시클로텐……'

커피 향 분자도 강토의 후각 메스를 피하지 못한다. 강토의 후각 저장고에 현대의 냄새 분자가 총알처럼 채워져 갔다.

거기 걸린 사진 한 장이 마음을 당겼다. 알람빅이었다.

강토 걸음이 멈춘 곳은 마장동 우시장이었다. 양의 기름과 송아지 기름을 구매할 생각이었다.

"안 팔아."

늙은 발골사가 퉁명스럽게 말했다. 단칼에 잘라 버리니 할 말이 없었다. 그냥 돌아서는데 젊은 발골사가 물었다. 목소리가 소뼈처럼 굵직하다.

"그런 건 뭐 하게요?"

칼잡이 직업에 비해 인상이 선하고 좋았다. 신기하게도 체취로도 인성의 감이 왔다.

"제가 향수 공부하는데 향수 만드는 데 필요해서요."

"향수요?"

그의 반응이 기묘하다. 남자와 향수, 잘 어울리지 않는다는 눈빛이다.

"양과 소의 기름으로 향수를 만들어요? 비누라면 몰라도……"

"향을 추출할 때 필요하거든요."

"그럼 향수에 대해 잘 알겠네요?"

"조금요."

"내가 겨내가 좀 심해요. 그래서 여친만 사귀면 한 달을 못 넘기고 깨지는데 그런 데 쓰는 향수 알아요? 알려 주면 양 기름과 소기름 구해 볼게요."

겨내라면 겨드랑이 냄새다.

"체취 성분은 원래 냄새가 잘 나지 않아요. 냄새가 나는 건 박테리아가 작용했기 때문이거든요. 보통 매일 샤워하고 속옷 날마다 갈아입으면 거의 가셔요."

"그래도 여자들은 귀신같이 알아채요. 뭐 쉰내에 쩐내라나 어쨌다나?"

"약국 가시면 소취제가 있거든요. 스티렌 설포네이트와 아크릴산을 중합시킨 성분을 찾으면 될 거예요."

"스테인 뭐라고요? 아크릴?"

"아, 저기 약국이 보이니 제가 구해 올게요."

강토가 약국으로 달렸다. 일반인에게 화학 용어를 설명하는 것보다는 그게 빨랐다. 원하는 재료를 구할 수 있다면 그리 큰 투자도 아니었다.

"뿌려보세요."

강토가 구해 온 소취제를 내밀었다.

"큼큼."

안에서 소취제를 뿌리고 나온 청년 표정이 밝아졌다.

"우리 경리 아가씨에게 물어봤더니 쉰내가 안 느껴진다는데요?"

"그렇죠?"

"약값 얼마죠?"

"선물이에요. 기름이나 구해 주세요."

"기름은 가져다 드리죠. 대신 여자 향수 하나 추천해 주세요. 가끔 만나는 여친이 있는데 향수 하나 사려면 노트가 어쩌고저쩌고… 너무 어려워서."

"그분이 향수를 자주 쓰나요?"

"아뇨. 못 본 거 같아요."

"그럼 초보네요. 초보자에게는 쁘띠마망이나 베이비터치, 시크릿위시 같은 게 무난해요. 옷에 뿌리지 말고 손목이나 목, 어깨의 맨살에 뿌리라고 하세요. 뿌린 뒤에는 가볍게 한두 번 건드려 주고요."

"에? 향수는 옷에다 뿌리는 거 아닌가요?"

"그럼 향이 오래가지 않아요. 게다가 색조가 있는 향수라면 옷에 얼룩이 남을 수도 있고요."

"으아, 진짜 향수에 빠삭하네?"

"기름은요?"

"잠깐만요. 아, 향수 만드는 거니까 깨끗한 게 좋겠죠?"

"잘 아시네요?"

강토가 맞장구를 쳐주자 청년이 안으로 뛰었다. 잠시 후에 나온 그의 손에 기름 봉지가 두 덩이 들렸다.

"오른쪽 게 양이고……."

"왼쪽이 소기름이죠?"

"어? 알아요?"

"냄새가 나잖아요? 소 냄새와 양 냄새?"

"어으, 개코?"

"향수 만들려면 후각이 좋아야 하거든요."

"그래도 그렇지. 맨날 이 일 하는 우리도 기름 구분은 쉽지 않은데……."

"얼마 드리면 되죠?"

"나도 선물입니다. 거내 없애 주고 여친 향수 추천해 준 컨설팅 비용."

"어, 그러면 제가 또 오기 어려운데… 그냥 돈 받으세요."

"기름은 헐값이에요. 신경 쓰지 말고 언제든 오세요."

"그럼 혹시 어린 송아지 기름도 될까요?"

"송아지 의뢰 들어오면 전화할게요. 연락처 주고 가세요."

"고맙습니다."

강토가 그의 핸드폰에 번호를 찍어 주었다. 이 착한 청년의 이름은 권혁재였다.

기름 냄새는 제법 괜찮았다. 방금 잡은 고기에서 발라낸 기름만 모아 준 것이다. 가방 안에 고이 모시고 계속 걸었다.

다음에 다다른 곳은 청계천이었다.

청계천 만물 시장 주변에는 퀴퀴한 냄새 분자가 많았다. 골동 물건과 중고 옷, 헌 기구들 때문이었다. 오래된 냄새는 대개 녹과 곰팡이 냄새다. 그 둘도 잘 다루면 향수의 훌륭한 재료가 된다. 곰팡이와 조류의 공생인 지의류에서 추출한 향이 샤넬 NO.5에 사용됨으로써 오래전에 증명된 팩트였다.

강토가 찾는 건 알람빅이었다. 미사일과 코로나 백신 빼고 다 있다는 곳이니 볼 수 있을 것 같았다.

오래된 향수도 있었다. 하나하나 열어 보지만 저급한 오 드 코롱들이다. 향과 알코올은 거의 다 날아가고 무늬뿐이었다.

그러다가 마침내 알람빅을 만났다.

아주 작았다.

"이거 다른 거는 없나요?"

"거기 보이는 게 다요."

"녹이 많이 슬었네?"

녹 냄새가 심했다. 냄새로 보니 대략 50년 이상 묵었다.

"사려면 사고 안 살 거면 가시오."

"얼만데요?"

"5만 원."

"학생이에요. 2만 원 주시면 살게요."

알람빅을 놓고 일어섰다.

"3만 원."

그래도 그냥 걸었다.

"알았수다. 2만 원에 가져가시오."

결국 강토가 이겼다.

이 도깨비시장은 처음이 아니다. 할아버지를 따라 몇 번 구경을 왔었다. 여기 물건을 살 때는 요령이 필요하다. 마지못해 사는 척해야지 반한 눈치를 보이면 값이 떡상을 친다.

낡은 알람빅을 산 건 진짜 알람빅을 사기 위한 전초전이었다.

거기서부터 집까지 걸었다.

퇴계로도 그리 첨단 냄새는 아니었다. 그나마 남산 때문인지 공기가 맑아진다.

"저 왔어요."

대문을 열고 들어섰다. 할아버지는 마당에서 그림을 그리고 있었다.

"악."

장미꽃 덩굴로 다가서던 강토 입에서 비명이 터졌다.

*   *   *

"비켜라, 모델 안 보인다."

할아버지는 미동도 없다. 오히려 손에 쥔 나이프를 흔들어 댔다.

"제 리넨… 왜 벗겼어요?"

강토가 울상을 지었다. 아침에 핀 꽃봉오리에 작심하고 둘러 둔 리넨이었다. 비싼 올리브 오일도 듬뿍 묻혔었다. 그걸 할아버지가 벗겨 내는 테러(?)를 저지른 것이다.

"얀마, 아무리 코로나 시대를 지나왔다지만 모델에 복면 씌우고 그림 그리란 말이냐?"

할아버지는 의기양양이다. 등나무꽃 그림이 끝난 건지 새 캔버스에 장미 밑그림이 그려지고 있었다.

"내가 향 포집하려고 일부러 씌워 놓은 거란 말이에요."

"그럼 말을 하든가?"

"좋은 화가는 모델의 내면까지도 본다면서요? 그래서 리넨 안 벗겨도 그릴 줄 알았죠."

"이놈이 할아비 시력 떨어진다는 소리 듣기 지겹다더니 그새 잊어버렸네?"

"아, 진짜……."

"얀마, 그래도 아래 쪽으로 몇 개는 안 건드렸으니까 잘 찾아봐."

"예?"

귀가 번쩍 뜨이는 소리에 후각도 함께 열렸다. 그러고 보니 몇 개는 리넨과 함께 생존하고 있었다.

흠흠.

코를 들이대니 포집된 향이 느껴진다. 리넨에 묻은 올리브 오일로 향이 옮겨 온 것이다. 향수에 쓰는 장미 향은 대개 센티폴리아와 다마스세나의 두 종에서 추출한다. 다른 장미는 향이 떨어지기 때문이었다. 마당의 장미는 야생에 가까워 그나마 향이 좀 있는 편이었다.

"할아버지……."

강토 얼굴이 밝아졌다. 2—3일 더 놔두면 그럭저럭 쓸 만한 향이 될 것 같았다.

"미소 작전보다는 저녁 식사 당번처럼 실질적인 게 좋지 않겠냐? 가방이 빵빵한 게 뭐 좀 사 온 모양인데."

"요리 재료가 맞기는 해요."

강토가 기름 덩어리를 꺼내 놓았다.

"소기름 아니냐?"

"빙고."

"기름으로 뭐 하게? 이 할아비 전이라도 부쳐 주려고?"

"사람 먹을 요리 재료가 아니고 꽃에게 먹일 요리 재료거든요."

"꽃?"

"네, 전은 조금 나쁜 거 골라서 한두 소당 부쳐 볼게요."

"너 지금 뭐라고 그랬냐? 나쁜 걸 골라서 먹는다고?"

"예."

"좋은 게 아니라?"

"좋은 건 꽃에게 먹여야죠."

강토가 다락으로 뛰었다.

"야야, 윤강토. 좋은 건 사람이 먹는 거야, 인마."

할아버지 목소리가 길게도 따라왔다.

다락방에서 기름을 골랐다.

권혁재가 준 기름은 싱싱했지만 질이 균등한 것은 아니었다. 전 같으면 잡티 정도 찾아내고 말았을 강토. 이제는 냄새만으로 잡내가 심하거나 변질된 부분을 제거할 수 있었다. 유지의 냄새가 심하면 향이 오염된다. 별것 아닌 것 같지만 굉장히 중요한 과정이었다.

유지 정리가 끝나자 벤조인 처리를 한 후에 냉장고에 모셔 두고 남은 유지를 가지고 내려왔다.

할아버지를 위해 유지 빈대떡을 만들었다. 강토 집 빈대떡에는 공식이 없다. 그냥 먹다 남은 재료들을 멋대로 썰어 넣고 밀가루 반죽을 해서 부쳐 내면 그만이다. 남자들끼리 살다 보니 편리성과 가성비로 승부하는 게 전통이 된 것이다.

"어때요?"

강토가 물었다.

"글쎄다, 돼지기름만은 못한데?"

"그래도 소기름인데요?"

"음식에는 추억이라는 양념이 있으니까."

할아버지의 지론이다. 예전에 중동에서 즐기던 요리는 한국에서도 맛볼 수 있다. 하지만 할아버지는 그 맛이 나지 않는다고 한다. 강토도 공감한다. 특히 행운의 아라비아로 불리는 예멘에서 먹었던 샬타와 만디 등은 모양만 닮은 짝퉁이었다. 그 요리사들, 예멘에 가 보기는 한 걸까?

"그럼 추억은 무슨 향일까요?"

"네가 한번 만들어 보게?"

"못 할 거 없죠. 이제 후각도 **빵빵**한데."

"하긴 그런 거 만들면 대박 나겠다. 우리 강토가 돈다발에 묻혀 죽겠는데?"

"돈다발 말고 향기에 묻혀 죽고 싶어요."

"추억의 향수(香水)라는 건 향수(鄉愁)겠지. 단순히 그때 먹은 음식이 중요한 게 아니라 그때의 상황, 풍경, 그리고 마음?"

"복잡하네. 그런 건 영화에서나 가능하잖아요?"

"뭐든 처음에는 어렵지. 하지만 누군가 이루어 내면 다음 사람에게는 껌이 되는 거란다."

응?

갑자기 할아버지가 현자처럼 보였다. 후각이 뚫리니 좋은 말도 더 좋게 들리는 것 같았다.

"할아버지."

"왜?"

술이 거나해지자 할아버지 몸이 늘어진다.

"예멘의 소코트라 섬 기억나요?"

"당연하지? 내가 거길 얼마나 좋아했는데?"

"하산 촌장님하고 연락돼요?"

"그것도 당연하지. 그 친구, 나 보고 싶다고 툭하면 Miss you, Miss you 문자 쏘는 거 모르냐? 너도 알지? 그 집 딸, 엘라?"

"알죠. 그 귀요미……."

"이번에 고등학교에 들어갔단다."

"와아, 진짜요?"

"선물이라도 하나 보내 줘야 하는데 그쪽 시국이 그러니……."

할아버지 표정이 시든 꽃을 닮아 간다. 예멘의 비극은 아직도 진행형이었다.

"거기 아직도 용연향 나온대요?"

"나오겠지? 하지만 그건 우리나라 심마니들이 산삼을 찾는 것처럼 하늘이 내리는 거 아니냐?"

"한국 심마니는 변했어. 이제는 심어 놓고 캐러 다닌대요."

"얀마, 그런 사람도 있고 저런 사람도 있는 거야. 너 잊었냐? 사우디에서 우리 뒤통수치던 중국 화상."

"아, 밑그림은 인쇄로 뜨고 위에만 물감 발라서 팔던?"

"너도 이제 어른이야. 이것저것 감안해서 파악해야지. 그런데 용연향은 왜?"

"나 졸업하면 바로 향수 공방 차릴까 싶어서요. 그러자면 용연향이 많이 있으면 좋죠."

"얌마, 코 뚫렸다고 바로 조향사 되냐? 네 입으로도 조향 전문가 되려면 적어도 10년이라고 하지 않았어?"

"프랑스 다녀오면서 그 10년을 초월해 버렸어요."

펑.

빈 막걸리 통이 강토 머리 위에서 울림 소리를 냈다. 할아버지가 후려친 것이다.

"짜식이, 할아버지를 맹한 틀딱으로 아나?"

"에이, 머리는 때리지 말라니까요."

"아니면? 그럼 프랑스 한 번 더 다녀오면 20년 초월이냐?"

"내 후각 봤잖아요? 할아버지, 나 못 믿어요?"

"못 믿지."

"할아버지."

"그래서 냉장고 상석에다 소기름을 잔뜩 모셔 놓은 거냐?"

"내 향수 화판이에요. 거기다 명작 향수를 그릴 거니까 손대면 안 돼요."

"뭐야?"

"뭐 아직은 안 믿어도 괜찮아요. 실은 나도 잘 믿기지 않거든요."

강토가 일어섰다.

"헐, 저놈이… 얀마, 설거지는 안 하나?"

"전은 내가 부쳤으니 뒤처리는 할아버지 몫. 나 바쁘거든요."

"얀마, 알았으니까 창호한테나 가 봐. 그놈이 인정해야 내 마음이 놓이지. 너 후각 뚫린 줄 알면 기절하겠다만."

창호는 이비인후과를 전공하는 강토의 작은아버지였다.

"걱정마세요. 저도 다 생각이 있거든요."

할아버지를 안심시키고 다락방으로 골인했다.

내일 아침부터 시작할 향수 작업.

그러기에 다락방은 손볼 게 많았다.

*　　　　*　　　　*

"엇?"

이른 아침, 마당으로 이젤을 내오던 할아버지가 경기를 했다. 장미 때문이었다. 아침이면 탐스러운 꽃송이로 반기던 담장이 허전하기만 했다. 꽃 때문이었다. 새로 올라오던 봉오리가 다 사라진 것이다. 가만히 보니 가지를 자른 자국이 선명했다.

'이 녀석이 복수를?'

이젤 자리를 잡아 두고 강토 방문을 열었다.

비어 있었다.

다락방을 체크했다.

비어 있었다.

하지만, 뭔가 다른 게 가득 차 있었다. 은은한 장미 향이었다.

「타인 절대 출입 금지」.

엄중한 경고문으로도 모자라…….

「할아버지, 절대 손대지 마세요.」

「친구분들도 절대 안 돼요.」

경고문이 두 개나 더 붙었다.

손자의 경고가 엄중하니 나무 계단 위에서 목을 뺐다. 다락방은 제법 향수 작업장처럼 보였다. 가장 먼저 시선을 끄는 건 소기름을 펼친 유리판이었다. 그 위에 장미 꽃잎이 가득 올려져 있었다. 그 한쪽의 플라스크는 좀 컸다. 그 안에도 소기름이 보였다. 거기도 장미 꽃잎이 있었다. 가열이라도 했는지 플라스크 안의 것들은 걸쭉해 보였다.

순간.

"할아버지."

강토 목소리가 벼락을 쳤다.

"어어……."

놀란 할아버지가 중심을 잃자 강토가 허리를 받쳐 주었다.

"타인 절대 출입 금지, 경고문 안 보여요?"

강토가 소리쳤다. 옆에는 다마스크종의 장미가 여러 다발 놓여 있었다.

"얀마, 나는 타인이 아니잖아?"

할아버지가 항변을 했다.

"다락방에는 저 말고 다 타인이에요."

"꽃 시장 다녀왔냐?"

할아버지 시선이 장미 다발에 꽂힌다. 충무로의 꽃 시장은 강토 집에서 멀지 않았다.

"할아버지 눈에는 이게 꽃으로 보여요?"

"아니면? 막걸리냐?"

"어유, 진짜… 꽃 시장 장미 태반이 색소 염색 장미더라고요. 그러면서도 향 끝내준다고 박박 우기고… 새벽에 가져온 것 중에서 몇 다발 골랐는데 이것도 물에 담가 놔서 향이 거의 없어요."

"내가 보기엔 좋아 보이는데?"

"제가 지금 향 추출하려는 거지 꽃 모양 보려는 거 아니거든요."

"그건 그렇고 담장의 장미는?"

할아버지가 추궁에 나선다.

"저도 한 송이는 남겼거든요."

"뭐야?"

"저 바빠요. 할아버지 먼저 아침 드세요."

"학교는?"

"오늘 강의 없어요."

다락방으로 올라간 강토가 문을 닫아 버렸다.

"허엇, 저 녀석이······."

할아버지, 난감하지만 그리 나쁜 표정은 아니었다. 그는 화가였고 지금도 화가다. 그렇기에 장인정신을 알고 있었다. 뭔가가 되려면 미쳐야 한다. 미치는 시간이 많을수록 실력이 느는 것이다.

'조향사, 조향사 노래를 부르더니 이제야 꽃이 피려나?'

방해하지 않고 마당으로 나왔다.

담장의 장미는 이제 이름만 장미였다. 알맞게 핀 꽃은 한 송이뿐이다. 나머지는 강토가 리넨을 씌워 놓은 것들과 만개하여 지고 있는 것들뿐이다.

'흠흠.'

붓을 잡자 다락방 쪽에서 장미 향이 풍겨 왔다. 마당의 장미가 다 그리로 올라간 것 같았다.

강토는 집중하고 있었다. 장미 다발을 풀고 하나하나 향의 농담(濃淡)을 확인했다. 명색은 다마스크종이지만 향은 신통치 않았다.

불만은 갖지 않았다. 블랑쉬가 살던 시대에서 만나던 그라스의 장미는 당장 구할 수 없었다. 현실에 만족하며 장미를 골랐다. 장미라고 다 장미가 아니다. 간단히 비교하면 과일과 같다.

배 맛이 다 같을까? 귤 맛이 다 같을까? 절대 아니다. 배로 말하자면 어떤 것은 밍밍하지만 어떤 것은 시원하고 달다. 아는 사람은 그런 것을 귀신처럼 고른다. 꽃도 다르지 않다. 같은 모양이라도 향이 깊고 강한 게 있다. 강토 눈에는 이제 그게 보였다.

일단.

한 송이 맛을 보았다. 코가 아니라 입으로 들어간 것이다. 블랑쉬는 그랬다. 절반 가까운 꽃들이 휴지통으로 직행했다. 그렇게 가려진 꽃잎만이 유리판에 펼쳐진 유지 위로 올라갈 자격을 누렸다. 그제야 유지가 촘촘하게 가려졌다. 차가운 유지를 이용한 포마드 만들기는 시간이 오래 걸린다. 향이 포화될 때까지 가자면 블랑쉬의 방식으로 적어도 일주일이다. 그래도 그 원칙을 준수해 볼 생각이었다.

침지법도 같이 시작했다. 녹인 유지에 꽃송이를 넣는 게 그것이었다. 그러다 보니 당장 장미가 부족했다. 새벽처럼 꽃 상가로 달려간 게 그 때문이었다.

가열된 유지에 꽃잎을 넣고 저었다. 몇 번을 반복하자 유지의 색감이 짙어졌다. 유지에 온도계를 찔러 보니 67도가 나왔다. 학교에서 배운 이론상의 온도는 60-70도였다.

'으하.'

족집게다.

정말이지 기가 막히는 경험치였다.

유지가 걸쭉해지면 꽃잎 찌꺼기를 걸러 냈다. 그런 다음에 또 새로운 장미를 투하했다.

이마에는 어느새 땀이 송골송골 맺혔다.

재래식 추출법.

이론 시간에 배웠으니 모를 리 없다. 약식으로나마 실습도 했었다. 그때 남경수나 강은비 같은 친구들은 득도한 것처럼 비명도 질렀다. 그렇게 만든 향수로 이창길 교수의 극찬도 받았다.

강토는 그렇지 않았다.

유지가 진해지는 건 느꼈지만 향은 알 수 없었다. 코를 박고 쿵쿵거리니 겨우 알 듯 말 듯 할 뿐이었다. 조금 더 가열하면 냄새가 진해질까 싶어 온도를 높였다. 향을 망쳤다. 돌아온 건 이 교수의 눈총이었다.

지금은 달랐다. 강토의 작업은 약식 실습 때 움직이던 서툰 손짓이 아니었다. 기름의 양을 알고 꽃의 양을 알았다. 유지를 젓는 것도 대충이 아니었고 가열하는 온도도 더하거나 덜하지 않았다.

건져 낸 찌꺼기는 따로 모아 두었다. 그 또한 쓸모가 있었으니 장미는 버릴 것이 없는 재료였다.

"강토……."

아침 식사를 준비하고 강토를 부르러 온 할아버지, 무아지경에 빠진 강토를 보고 입을 닫았다. 조심스레 연 다락방 문은 다시 닫혔다.

강토의 침지 작업은 오후가 되어서야 끝을 보았다. 유지에 녹은 장미 향이 포화에 이른 것이다. 그라스에서 쓰던 장미보다 2배 가까이 넣었지만 오늘 사 온 장미 향은 그라스 장미향의 절반도 되지 않았다.

'대박.'

그래도 천연 장미 향이다.

농도가 진해진 기름 덩어리를 보니 웃음이 절로 났다. 마치모래 속에서 모은 사금의 결정체를 보는 기분이었다.

전문가의 향기.

그게 배어 있는 것이다.

*   *   *

시계를 보니 오후 3시에 가까웠다. 그럼에도 배가 고프지않았다. 그보다는 빨리 향수를 만들어 보려는 생각뿐이었다.

장미 네 다발의 향을 고스란히 옮겨 받은 기름부터 걸렀다. 정말이지 금을 녹인 물이 따로 없었다. 아니, 그것도 비교의대상이 아니었다. 금은 향기가 없으니까.

기름은 어두운 시약병으로 모였다. 처음으로 제대로 만든포마드가 나온 것이다.

보기만 해도 알 수 있었다. 유지에 녹아든 장미 향의 속삭임 소리.

이제 마무리를 향해 나아갔다.

전 같으면 서둘렀겠지만 그렇지 않았다. 마치 오래전부터 몸에 익은 것처럼 자연스럽다. 아니, 실제로도 몸에 익어 버린 일이었다. 무려 200여 년 전부터.

응고된 포마드를 조심스레 가열했다. 그런 다음에 에탄올과 섞어 정성껏 저었다. 장미 향이 더 친근하게 속삭인다. 코를 치고 들어와 심장을 두드린다.

저기요.

제가 장미 향이거든요.

조심하세요.

당신 심장을 녹여 버릴지도 몰라요.

감동은 미뤄 두고 냉장실 문을 열었다. 다음 단계는 냉각이었다.

냉동실 냉각이 아닌 것은 블랑쉬의 스타일이었다. 당시의 그라스에는 냉장고가 없었다. 조향사들은 서늘한 동굴이나 지하를 이용했다. 좋은 향기는 서둘러서 얻을 수 있는 게 아니었다.

할아버지는 보이지 않는다. 보이는 건 식탁에 차려진 밥상이었다.

강토가 좋아하는 대구 튀김이다. 사우디와 예멘에서 자주 해 먹던 메뉴다.

강토는 먹지 못했다.

소파에서 잠시 쉰다는 게 그대로 잠이 든 것이다. 추출에 집중하느라 거의 탈진이었다.

깜박 졸고 일어났더니 날이 어두웠다. 할아버지는 아직 돌아오지 않았다.

다시 냉장실을 열었다.

"……!"

조바심과 갈증이 동시에 사라졌다. 포마드는 안전했다. 냉장실 안에서 지방질이 응고되면서 알코올과 분리가 된 것이다.

"아하."

그 향을 맡은 강토가 자지러졌다. 농축된 장미 향이 거기 있었다. 다락방으로 올라가 연습을 위해 사 두었던 장미 에센스와 비교를 했다.

장미 에센스를 든 손이 파르르 떨렸다.

솔직히 말하면 당장 쓰레기통에 처박고 싶었다. 구매한 향은 조악했다. 그나마 양을 늘리기 위해 알코올을 더 섞었으니 비교의 대상도 되지 않았다. 나만의 향수를 만들라는 광고 날리고는 알코올 섞어 용량 늘려 먹는 사기꾼들아, 잘 먹고 잘 살아라.

쪽.

작은 병으로 옮겨진 농축액에 키스를 하고 마지막 작업에 들어갔다.

편넬에 여과지를 대고 여과를 시켰다. 미세한 잡티마저 걸러 내는 것이다.

'후우.'

최후의 과정이 다가오자 호흡이 가빠졌다.

여과액이 증류장치에 들어간다. 블랑쉬의 알람빅은 아니었다. 그 또한 연습용으로 구매한 증류기였다. 천천히 증류를 시작했다. 그리고, 마지막 한 방울의 알코올까지 날려 버리자 미량의 진한 암색 액체가 보석처럼 반짝거렸다.

서너 방울이나 될까?

양은 미치도록 적었다.

반대로 향은 미치도록 만족스러웠다.

순수 에센스는 후각을 도끼날처럼 쫀다. 이렇게 해도 오일 속에는 수백 가지의 성분이 들어 있다. 따라서 2차 증류가 필요할 때도 있다. 잡내는 느껴지지만 양이 워낙 적으니 2차 증류는 패싱했다.

구매한 장미 에센스와 다시 비교를 했다.

결국 그 장미 에센스는 구석진 곳으로 유배(?)되었다. 블랑쉬의 경험치로 추출한 향을 맡고 보니 같은 공간에 두고 볼 수 없을 정도로 조잡했다.

농축에 또 농축.

이 향은 그라스에서 맡았던 고퀄의 장미 향에 근접한다. 깊

고 날카롭지만 아름답다. 장미의 질만 좋았다면 그라스의 것
보다 더 좋은 향이 나왔을 것 같았다.

그렇다면 이걸로 만든 향수는?

강토의 마음은 벌써 에탄올에 가 있다. 작은 플라스크에
알코올을 부었다. 다른 조향 기구도 있지만 플라스크나 비커
면 되었다. 블랑쉬가 그랬는지 강토도 그게 편했다.

계량은 필요 없었다. 대략 100ml쯤 되었다. 다음으로 순수
에센스 병을 기울여 미량을 적하했다.

퐁.

단 한 방울이다.

그걸 살짝 흔들자.

아.

심장이 녹아 버릴 것 같다. 다락방은 단숨에 장미의 화원이
되었다. 맑고 신선한 향이 강토의 몸과 마음을 나풀 들어 올
린다.

흠—흠—흠.

아무리 맡아 봐도 기가 막혔다. 갓 피어오른 수억 송이 장
미 바다에 빠진 기분이었다.

"뭐야? 이 녀석, 아직도 밥을 안 먹었어?"

강토의 몽환은 할아버지의 귀가로 끝이 났다.

"윤강토."

할아버지가 다락방 아래로 다가왔다.

"할아버지."

강토가 다락문을 열었다.

"밥은 먹고 해야지?"

할아버지 손에 장미꽃이 들려 있다. 그것도 몇 다발은 될 것 같았다.

"웬 장미예요?"

"우리 강토가 제대로 조향 한번 해 보겠다는데 그냥 넘어갈 수 있냐? 황 대표 후배가 한다는 양재동 꽃 시장에서 제일 좋은 것으로 골라 왔는데 확인해 봐라."

황 대표는 화랑을 운영하는 할아버지 친구의 아들이다.

"좋아요."

"냄새도 안 맡아 보고?"

"그 정도는 문밖에 있어도 알 수 있거든요."

"그럼 진짜 개코 아니냐?"

"중견 화가다운 표현은 없어요?"

"됐고, 작은아버지하고 약속은 잡았냐?"

"이제 잡을게요."

"그놈도 제대로 놀라겠군."

"일단 할아버지가 한 번 더 놀라시죠. 개코가 처음으로 제대로 만든 장미 향입니다."

"야야, 잠깐만, 저번처럼 이상한 냄새 나는 거 아니고?"

할아버지가 몸을 사린다.

"그때의 윤강토가 아니거든요."

할아버지 머리에 장미 향을 들이부었다. 그리고 남은 절반은 강토 자신의 머리에 들이부었다. 나폴레옹 스타일의 기념식이었다. 강토와 할아버지는 그대로 장미 떨기가 되었다.

"이번에는 제대로네? 장미 속에 묻힌 기분 아니냐?"

"그렇죠?"

"죽이는데?"

"고맙습니다."

"좋다. 이런 게 향수지……."

할아버지가 흐물거렸다. 때로는 강토의 실패작에 밤샘 샤워를 하며 몸서리를 쳤던 할아버지. 아이처럼 감동한 모습을 보니 기분 최고였다.

[경험치 체험 완료].

강토 머리에 자신감이 입력되었다.

눈을 감고도 가능한 각종 추출법.

냉각이든 증류든, 추출이든 상관없었다.

피펫이나 스포이트 등의 실습실 정밀 도구가 없어도 문제없는 감각적인 향료 계량.

실전까지 마치고 나니 두려울 게 없었다.

늘 투명 인간에 불과하던 실습실.

그래서 한편으로는 천근만근 무겁던 마음.

이제는 그 시간이 기다려지기 시작했다.

밤 11시가 되자 카톡 스터디 방에 멤버들이 모였다.

[윤강토, 후각은 무사?]

다인이 강토를 체크했다.

[OK]

[진짜지? 나 3학년 때 네 모습 오버랩 되어서 좀 걱정된다.]

준서가 슬쩍 재확인에 나선다.

[이번에는 찐 후각.]

강토가 답했다.

[진짜 수술받은 거 아니면 병원에서 확인해 봐야 하는 거 아니야?]

상미도 조금은 걱정이 되는 눈치다.

[안 그래도 내일 학교 끝나고 가 볼 생각.]

[내일 실습시간에도 AI급 기체색층분석기가 제대로 발동하면 좋겠다.]

상미의 답이 거푸 올라온다.

위상 때문이다. 조향학과에는 모두 여섯 개의 스터디가 있다. 강토네 스터디 '옴니스'도 그중 하나다. 그러나 존재감은 거의 바닥이었다.

일단은 비주류기 때문이었다.

그러다 보니 조향학을 전공하는 친구들에게 밀렸다. 그건 곧 여러 가지 핸디캡을 의미했다. 정보는 물론이고 선후배들과의 유대 관계에서도 밀리는 것이다.

둘째는 역시 실력이었다.

강토와 상미, 다인과 준서.

마음은 이그제티브급 조향사지만 한계가 있었다. 준서는 식품공학을 전공했고 강토와 상미는 후각이 약했다. 후발 스터디로서 학과를 평정하자는 의미로 정한 옴니스라는 단어가 무색할 지경이었다.

어제 실습시간에 모두가 뒤집어진 것도 그런 선상에 있었다.

옴니스의 득세.

유쾌하를 경악시키고 F5의 남경수와 강은비의 코를 눌렀지만 어쩌다의 '우연'으로 보였을 가능성이 컸다.

'뭔가 이상해.'

많은 학생들의 눈빛이 그랬다. 유쾌하 앞이라 내색하지 않았지만 이론 성적이 좋은 강토가 뭔가를 꾸몄다고 의심할지도 모른다. 이창길 교수처럼.

[이거 보면 걱정 사라진다.]

강토가 사진 몇 장을 올렸다. 유지로 장미 향을 받아 낸 과정과 그 결과물로 탄생한 순수 에센스 사진이었다.

[옴마야, 침지(浸脂)법?]

[네가 직접 한 거야?]

[대박.]

멤버들의 반응이 따라붙는다.

[단일 노트 향수로 만들 건데 내일 시향 시켜 줄게.]

[향 좋아?]

상미가 묻는다.

[직접 보고 평가해.]

[와아, 강토 후각 진짜 문제없나 봐.]

상미가 안심을 한다.

[기대되네?]

[미투.]

준서와 다인도 호의적이다.

[그나저나 내일 라파엘 교수님 실습은 무슨 향 나올까?]

우려가 가라앉자 현실적인 문제가 나왔다.

[글쎄, 라파엘 교수님은 워낙 즉흥에 자유분방, 영감 주의자라서…….]

준서가 걱정을 한다. 멤버 중에 가장 연장자이다 보니 다른 사람이 못 보는 걸 보는 능력이 있다. 사람을 평가하는 게 그중 하나였다.

[시트러스나 나왔으면 좋겠다.]

[시트러스는 껌이냐? 프래그난티카에 들어가면 시트러스 노트도 끝이 없어.]

[그러게. 그 노트만 해도 장난이 아니지.]

[향수는 어떻게 공부할수록 더 어렵냐?]

모두의 하소연이 쏟아진다.

라파엘은 종종 천연 재료를 구해 온다. 작년 실습시간에는 염소 머리 사진과 필름, 테니스공 등의 노트를 들고 와 실습실을 뒤집었다. 염소는 고트헤어, 필름은 인스턴트 필름 어코드였다.

[염소 머리털에 시트러스 노트가 산다.]

누가 동의할까?

염소 머리에는 노린내가 있을 뿐이다.

그러나 그 노린내 속에 보석이 들어 있으니 바로 4—에틸옥타날이 주인공이다. 이 알데히드를 우습게 알면 난감하다.

4—에틸옥타날은 데카날과 분자식이 같다.

$C_{10}H_{20}O$.

데카날은 갓명작으로 불리는 샤넬 NO.5에 들어가신 알데히드다. 염소야말로 천재 조향사 어네스트 보에게 샤넬 NO.5의 영감을 준 주인공일지도 모른다.

강토는 이제 이해한다.

명작 향수 안에는 잡내도 많았다. 좋은 향수라고 그 안에 아름다운 냄새만 든 것은 아니었다. 일부 향수는 S급 에센스보다 B급 에센스를 쓴다. 그게 하트노트를 더 강화하는 향수도 더 많다. 일일이 밝히지 않는 건 향수의 신비성 유지와 함께 판매 전략에 속하는 일이었다.

[아무튼 준비들 많이 하고 와. 내일은 우리 옴니스가 또 한

번 떠 보자.]

스터디 리더를 맡고 있는 다인이 마무리에 들어간다.

[윤강토, 내일 장미 향수 잊지 마.]

상미의 강조를 마지막으로 채팅방이 종료되었다.

공인 꼴찌 스터디지만 열정은 1등짜리들이다.

왜들 그렇게 목을 매는 걸까?

조향사는 정말 유망한 직업일까?

돈도 팍팍 벌까?

그럴 수도 있다.

만약 거대 향료 회사를 넘어설 수 있다면.

그 거대 기업에 들어가 향료 개발을 선도할 수 있다면.

이름난 조향사가 되어 향수 시장을 압도한다면.

하지만.

국내만으로 한정한다면 조향은 돈 되는 직업이 아니었다.

이유는 역시 한국이 조향 변방 국가이기 때문이다.

국내 조향 산업의 대다수는 외국회사에서 구입한 향료를 '블렌딩'하는 수준에 머문다. 향료에 대한 자체 개발은 요원하다. 이런 수준의 블렌딩에는 우수한 조향사가 필요하지 않다. 덕분에 그에 대한 연봉도 그리 높지 않게 책정된다.

향료를 개발하면서 향수를 만들려면 엄청난 투자비가 들어간다. 투자비를 회수하려면 향수가 빅 히트를 쳐야 한다. 하지만 국내시장은 이미 네임드 향수들이 장악을 했다. 이런 시장

구조를 뚫고 성공하기는 어렵다. 최근 들어 향료에 대한 투자가 많아지고 있지만 현실은 냉혹했다.

결론으로 가자.

이 꼴찌 스터디는 향에 미친 것이지 돈에 미친 것이 아니었다.

다인부터 상미까지 똑같았다.

SS대학병원 이비인후과에 예약을 마쳤다. 그런 다음에 다락방에서 뻗었다. 그라스를 다녀온 후로는 이상하게도 여기서 자는 게 더 편했다.

사삿.

이른 아침 일과는 꽃잎을 갈아 주는 것으로 시작되었다. 유지 위에 펼친 꽃의 향이 거의 사라진 것이다. 최상의 장미라면 3일 정도 향을 흡수해야 한다. 이 장미들은 향이 약하니 하루마다 갈기로 했다.

다음은……

사삭.

손바닥을 비비고, 어제 만든 천연 장미 에센스를 개봉했다. 스터디 멤버들을 위한 조향이다.

톡.

작은 플라스크에 샌들우드 에센스를 떨어뜨렸다.

블랑쉬의 것이 아니라 연습용으로 구입한 향료다.

톡.

오늘의 하트노트, 장미 에센스도 떨구었다.

톡.

마무리는 아이리스에게 맡겼다.

강토가 생각한 건 단일 노트의 장미 향이었다. 그러나 추출된 향이 약하니 어시스트를 붙이는 게 좋을 것 같았다. 샌들우드는 로즈 향에 우아함과 신비감을 더해 준다. 아이리스에게는 잡 향을 정리하고 향을 강화시키는 역할을 맡겼다. 어릴 때부터 강토가 애정하던 꽃. 쓸 만한 에센스도 없지만 이 정도면 충분할 것 같아 더 고민하지 않았다.

실전 블렌딩에 들어간다.

과연 어떤 향수가 나올까?

제6장

—

시트러스 노트 씹어먹기

　향수는 보통 블렌딩과 컴파운딩을 한다. 컴파운딩의 의미가 크니 이런 경우는 블렌딩에 속했다.

　간단한 블렌딩이지만 학생에게는 쉽지 않다. 이전의 강토라면 용량과 비율까지 일일이 계산해 가며 진땀을 흘려야 했을 일. 그러고도 향을 망쳐 좌절했을 일. 그러나 지금은 각 에센스에서 풍기는 농도만으로도 조절이 가능했다.

　톱노트.

　미들노트.

　베이스노트.

　향수에는 사실 이런 피라밋 공식이 필요 없다.

[피라밋 공식은 마케팅을 위한 눈요기]

이건 라파엘 교수의 지론이다. 동시에 블랑쉬의 습관이기도 했다.

향수에서 중요한 건 노트 구성의 원칙과 차례가 아니라 향 원료를 다루는 직관이다.

천재적인 직관에 의한 향료 해석과 각 향료 간의 어코드 컨트롤 능력.

블랑쉬는 그걸 온몸으로 체득하고 있었다.

'흐음.'

톡.

플라스크를 건드려 향을 깨웠다.

잠들었던 장미 향 분자가 나비가 날아오르듯 우아하게 피어오른다. 향기가 촉촉하고 싱싱하다. 어코드가 제대로였다. 최적의 비율을 이룬 것이다.

블랑쉬의 보물인 용연향과 사향, 기타의 에센스는 꺼내 놓지도 않았다. 보습제 등의 첨가물도 마찬가지. 그것 없이도 학교 스터디 정도 뒤집는 건 문제가 될 것 같지 않았다.

'다녀올게.'

유지 위에 펼쳐진 장미 꽃잎들에게 인사를 하고 집을 나섰다.

거리는 다시 강토의 향 분자 학습터가 된다.

산 쪽에서 내려오는 나무 향과 이끼 냄새가 반갑다.

아스팔트와 벽돌 냄새도 프래그넌스다.

타산지석이라는 말은 향수에도 통한다. 돌 역시 향기 공부의 대상인 것이다. 버려진 박스에서 마분지 냄새를 맡고 담장의 알루미늄 냄새도 맡는다. 청바지도, 인조가죽으로 만든 벨트도 예외는 아니다. 이 모두가 향수의 노트가 되는 것이니 강토의 기체색충분석기는 지칠 사이도 없었다.

"윤강토."

강의실 옆의 벤치에서 준서가 손을 흔들었다. 다인과 상미도 보였다.

"먹어라. 프리카도 좀 만들어 봤다."

준서가 던져 준 건 작은 케이크였다. 나름 배꽃과 복숭아까지 조합해 놓아 보기가 좋았다.

"땡큐."

입으로 넣으며 강토가 답했다. 달달한 복숭아 향이 돋보이는 맛이었다.

"복숭아 향 넣었어?"

강토가 말하자.

"오, 강토 후각은 안전해."

준서가 여자들에게 전달했다.

"뭐야? 테스트였어?"

"됐고, 장미 향수?"

두 여자가 손을 내밀었다.

"허얼, 제사보다 젯밥?"

"프리카도 줬잖아? 우리가 다 먹으려다가 남겨 둔 거거든."

빨리.

재촉하는 다인의 손이 강토 목까지 올라왔다.

"아, 진짜, 보자마자……."

강토가 가방을 열었다.

"이거야?"

상미가 향수병을 가로챘다.

"지금 뿌릴 거 아니지?"

강토가 실습을 상기시켰다. 라파엘 교수는 이창길 교수처럼 쪼지는 않는다. 하지만 실습시간에 향수를 뿌리고 가는 건 여전히 매너가 아니었다.

"걱정 마. 다 방법이 있으니까."

상미가 문자를 날리자 저쪽 강의동에서 여학생 둘이 달려왔다. 향수는 그녀들 손목에 뿌려졌다.

"와아, 대박."

"우와, 향 좋다."

손목을 코로 가져간 두 여학생이 자지러졌다.

"어디?"

상미가 그 손을 가로채 자기 코로 가져간다.

"대박이야."

바로 다인을 돌아보는 상미.

"상미가 바로 감지할 정도면 찐 대박인데?"

다인도 여자들 손목에 코를 들이댄다.

"어머머."

"그렇게 좋냐?"

준서가 슬쩍 묻자 다인이 남의 팔을 당겨 주며 인심을 썼다.

"이야, 이거… 혹시 네임드 향수 소분해 온 거 아니야?"

준서가 강토를 바라보았다.

"네임드 뭐?"

"원저 트루 로즈라든가?"

"아니면 로사? 시작부터 톡 쏘고 나오잖아?"

"다른 냄새 없어? 엑스트라도 좀 깔았는데……."

"다른 냄새? 흠흠… 그러고 보니 아이리스 향이 있는 듯도?"

"아이리스라고? 나는 장미 향밖에 안 느껴지는데?"

상미가 울상을 지었다.

"샌들우드와 아이리스 조금씩 넣었어. 그래서 쏘는 향이 좀 더 강해진 거야. 우아함도 살짝 깃들었고……."

"으아, 이게 진짜 네가 만든 거라고? 그것도 장미 향을 직접 추출씩이나 해서?"

"놀라는 건 며칠 후에 앙플라쥐로 만든 향이 나오면 해도 돼."

"알았으니까 일단 포퓰러부터 까라."

준서가 정다운 협박을 날린다. 포퓰러는 조향 구성을 뜻한다.

"못 까."

"왜? 특허라도 내려고?"

"쳇, 향수를 누가 특허 내? 그럼 제법을 다 까발려야 하는데."

강토가 팩트를 짚는다. 이건 사실이었다.

"아무튼 매우, 몹시, 뒤집어지게 놀랍다."

"뭐가?"

"사람이 이렇게 변할 수 있다니. 프랑스 가기 전의 윤강토와 다녀온 후의 윤강토가 완전히 다른 사람이잖아?"

"오빠, 우리도 그라스 가자."

다인의 목소리에 비장미가 감돈다.

"당장은 여름방학 인턴 가는 게 더 급할 거 같은데?"

"그렇지, 인턴……."

다인이 현실로 돌아왔다.

"내 생각에 당장은 라파엘 교수님 수업 준비하는 게 더 급해."

강토가 더 가까운 현실을 주지시켰다. 라파엘 교수의 실습 시간 역시 스터디 단위의 진행이었다.

"좋아, 강토 후각이 S급으로 업그레이드되었으니까 라파엘 교수님 시간에도 좀 떠 보자."

다인이 가방을 집어 들고 일어섰다.

"S가 아니라 SSS급."

뒤따르던 상미가 한 번 더 강조했다.

"뭐 나올 거 같아?"

학생들은 남경수와 강은비 스터디에 몰려 있었다. 원래대로 하면 프루티 노트로 들어갈 시간이다. 하지만 라파엘이 특별히 요청한 에센스가 올 예정이라 시트러스 실습을 마치지 못하고 있는 실정이었다.

"시트러스 노트에서 많이 쓰이는 향 감별 아닐까?"

"아니면, 의외로 또 희귀 템들 가지고 오셔서……."

학생들은 벌써부터 긴장이다. 조향 수업이라는 게 이랬다. 그 향을 아는 사람에게는 너무나 쉬운 일이지만 배우는 학생들에게는 모든 게 미지의 세계였다.

여기가 어디게?

별자리를 익히지 못한 사람을 사막에 투하해 놓고 그렇게 묻는다면 황당하다. 향 분자 가려내기도 그에 못지않다. 그렇기에 조향 실습은 설레는 한편, 두려운 시간이었다.

"탠저린과 만다린 구분이 나올지도 모르지."

남경수는 여유 있다.

"그것도 아니면 시트러스와 아로마 노트, 플로랄 노트를 섞어 놓고 구분하라든지."

"미치겠네. 감귤류는 다 그게 그거 같은데……."

프란시스의 리더 오소영의 한숨이 깊다. 프란시스는 '프란시스 커크잔'에서 따왔다. 그렇게 훌륭한 조향사가 되고 싶지만 아직은 꿈의 저편일 뿐이었다.

남경수의 시선이 구석 테이블의 강토에게 향한다. 썩 친절한 눈빛은 아니었다.

"왜?"

강토가 물었다.

"후각 말이야, 오늘도 천재적이신가 해서?"

"너는 원래 우리 스터디에 별 관심 없잖아?"

"그거 오해다. 난 우리 과 스터디들 다 좋아하거든."

"후각 확인시켜 줘?"

"확인?"

"교수님 오신다. 5초 후에."

강토가 문을 바라보았다. 학생들은 강토를 쳐다본다. 시간까지 예언하니 어이가 없는 것이다. 하지만 그 어이는 바로 무너졌다.

"안녕하세요?"

라파엘 교수가 들어섰다. 정확히 5초 후였다.

"우와, 대박."

흥분한 상미가 강토 등을 후려쳤다. 부상(副賞)치고는 좀 아팠다.

"이젠 기체색층분석기뿐만 아니라 CCTV도 장착했냐?"

"냄새가 나잖아?"

강토의 시선은 라파엘에게 향했다.

"다들 좋아 보이는데?"

라파엘이 실험대 통로로 들어섰다. 그러더니 강토에게 다가선다.

"윤강토, 후각이 좋아졌다는 소문이 있던데?"

"예……."

"정말인가?"

"예."

"어느 정도?"

"혹시 투베로즈 기름을 만지셨나요? 신발에 조금 묻은 것 같은데요?"

강토는 대답 대신 라파엘의 구두를 보았다. 거기서 고무 냄새가 풍기고 있었다.

"……."

라파엘은 잠시 말을 잃었다. 투베로즈는 일부러 흘렸다. 논란이 되었던 강토 후각에 대한 확인용이었다. 이 향은 고무 냄새를 내다가 카네이션 냄새로 변하고 마침내는 흰꽃 냄새가 된다. 시간상으로 보아 지금은 고무 냄새가 날 타임. 후각이 돌아온 게 맞는 것 같았다.

"조향하다 실수로 한 방울 튄 모양이야. 투베로즈의 냄새를 맡는 걸 보니 사실이군. 축하하네."

라파엘의 격려가 나왔다. 확실히 이창길보다는 마음이 넓은 교수였다.

"조향사에게 있어 후각은 화가의 눈과도 같지요. 프랑스에는 조향사를 하다가 후각을 잃었던 장 샤를이라는 분이 있습니다. 그래도 그분은 조향을 포기하지 않고⋯⋯."

중간에 불어가 나왔다. 설명이 어려워질 때 나오는 라파엘의 습관이다. 이럴 때면 강의가 느리게 진행된다. 라파엘에게 한국어 표현을 생각할 시간이 필요하기 때문이었다.

그런데.

그렇게 중얼거리는 라파엘의 불어가 강토 귀에 쏙쏙 들어왔다.

마치 한국말처럼.

"⋯⋯?"

강토 모공이 쭈뼛 칼날처럼 일어선다.

후각만 놀라운 게 아니었다.

블랑쉬의 불어까지 딸려 온 것이다.

대박.

강토는 감격으로 얼어붙을 것만 같았다.

"기억과 경험을 기반으로 향수 만드는 일을 나지 않았지요. 그 결과 여러분이 말하는 갓떵작 '마그리프'를 만들기도 했습니다."

라파엘의 한국어가 이어졌다. 그 말은 강토 입안에서 불어로 속삭여졌다. 주저나 망설임 따위는 없다. 동시통역을 해도 될 것 같았다.

　"후각은 조향사의 핵심, 윤강토 학생 역시 후맹에 가까운 후각에도 불구하고 열심히 하다 보니 한국 속담처럼 하늘이 도운 모양입니다."

　라파엘이 강토를 돌아보았다.

　"엊그제 외부 전문가 특강 시간에 후각 실력을 발휘했다고?"

　"운이 좋았습니다."

　"미안하지만 조향에서는 외워서 하는 운은 통하지 않아. 장 샤를이나 장 폴 겔랑처럼 대가의 경험이 있다면 모를까."

　"……"

　"그렇다고 이론 공부를 게을리한 건 아니겠지?"

　"네."

　"그럼 시트러스 노트 말이야, 한 30개만 짚어 볼까?"

　라파엘은 팔짱을 끼고 벽으로 물러났다. 이런 풍경은 처음이 아니었다. 라파엘은 이따금 이런 기회를 주었다. 향을 맡지 못하는 강토가 실험 참여의 기쁨을 누릴 수 있도록 배려하는 것이다.

　"시트러스 노트라면 톱노트의 대명사가 될 수 있습니다. 상큼함에다 심장 속까지라도 날아들 것 같은 청량감, 그렇기에 향수의 첫인상을 대표하는 노트이기도 합니다. 이 노트의 대표로 꼽히는 오렌지꽃은 장미나 재스민과는 달리 햇살이 쨍쨍할 때 따야 합니다. 이슬 때문에 꽃이 젖으면 향의 퀄리티가 떨어지니까요. 이때 잎사귀는 꼼꼼하게 골라내야 최상의 에센스를 얻을 수 있습니다."

강토의 사설이 약간 길었다. 그런데 그 내용이 책을 외워서 할 수 있는 게 아니었다. 라파엘은 그걸 알았다.

"이 시트러스를 구성하는 노트에는 우선 핑거라임이 꼽힙니다."

강토가 라파엘을 바라본다. 나름의 교감이다. 맨 처음 라파엘이 진짜 핑거라임을 가져왔을 때 그걸 맞힌 사람은 아무도 없었다.

"다음으로 자몽과 레몬, 오렌지, 라임, 귤, 유자 등은 우리 주변에 흔한 과일들이고 치노 토와 칼라만시, 레몬밤, 레몬 버베나, 레몬 그라스, 쁘띠 그레인, 탄젤로, 네롤리……."

"오케이, 거기까지."

네롤리에서 라파엘이 진행을 끊었다.

"네롤리까지 나왔군요. 우리가 오렌지에서 추출하는 네 개의 보석들……."

라파엘이 가방 한쪽에서 네 개의 에센스를 꺼내 놓았다. 학생들이 긴장하기 시작한다. 저 네 개의 에센스가 오늘의 실습 주제가 될 확률이 높았다.

"올해 수확한 오렌지로 만든 네롤리와 베르가모트, 그리고 앱솔루트와 페티 그레인입니다. 여러분에게 신선한 향을 경험하게 해 주고 싶었는데 다행히 알맞게 도착이 되었습니다."

라파엘의 손이 노련하게 움직인다. 네 개의 비커를 놓고 그 위에 네 에센스를 적하했다. 미리 계량한 에탄올과 섞이자 시트러스 특유의 신선한 향이 풍기기 시작했다.

―향료 에센스에 용매 에탄올.

―용매 에탄올에 향료 에센스.

둘은 어떤 차례로 들어가야 할까?

원칙적으로는 향료 에센스가 먼저고 용매인 에탄올이 나중에 들어가는 게 맞다. 하지만 프래그런스 오일이 보편화되면서 용매에 에센스를 넣는 일도 흔해졌다.

물론 강토에게는 상관없는 일이었다. 강토의 전생 블랑쉬는, 어느 쪽으로든 향수의 퀄리티에 영향을 받지 않았다.

"와아."

학생들의 입이 저절로 벌어진다. 프로 조향사들이 쓰는 진짜 에센스다. 실습용으로 쓰는 저급 향료와는 비교 불가의 위엄이었다.

"이건 대조 향으로 쓸 만다린입니다."

향 하나가 더 추가되었다.

"강은비가 나와서 블로터를 적시세요. 그런 다음에 각 스터디별로 나누어 줍니다. 각 스터디는 다섯 가지로 줄을 세워야

합니다. 꽃 향이 가장 강한 것, 가장 묵직한 것, 만다린, 나머지 두 향."

라파엘은 기준을 주고 물러났다.

강은비가 일어서기도 전에 학생들이 출렁거린다. 마음은 급해진 것이다. 다인과 상미는 그새 울상이 되었다. 시트러스 향은 그렇게 어렵지 않다. 그러나 이렇게 유사한 계열끼리 섞어 놓으면······.

의욕 절단이 되어 버린다.

"내가 먼저 시향 할게."

블로터는 준서가 가져왔다. 다섯 장을 한 손에 쥐고 스윽 공기를 가른다.

한 번 더.

또 한 번 더.

"아우, 다 똑같은 오렌지 향 같은데?"

블로터가 다인에게 넘어갔다. 강토 스터디의 루틴이었다.

"음, 마지막 게 좀 센 거 같아."

다인이 5번 블로터를 가리켰다.

"시향 해."

강토가 상미를 바라본다. 상미가 3번 주자인 것도 루틴이었다. 평소 같으면 당연히 그랬을 상미. 엊그제 강토의 버닝을 확인하고는 루틴을 잊고 있었다.

"네가 먼저 해."

결국 강토에게 블로터를 양보했다.

"나는 이미 끝났어."

블로터를 받지도 않은 강토. 그러나 그 답은 시트러스 향 만큼이나 상큼하고 시원했다.

*　　　　*　　　　*

"정말? 시향도 안 하고?"

"준서 형이 흔들 때 맡았지."

"그럼 답도 알아냈어?"

다인까지 고개를 들이민다.

"일단 상미 시향까지 끝내고."

강토가 상미를 재촉했다. 그제야 상미가 블로터를 사뿐 흔들었다. 두어 번 더 흔들지만 손짓만 분주하다. 후맹에 가까운 그녀가 구분하기에는 애당초 무리인 구성이었다.

"마지막 게 앱솔루트지?"

다인이 강토에게 확인 질문을 던진다.

"빙고."

"와아, 내가 맞혔어."

"헐, 우리 스터디 분위기도 반전이네. 향 확인은 다인이 네 역할이었잖아?"

준서가 어깨를 으쓱해 보인다.

"그건 강토가 찐 후맹일 때 얘기고. 그럼 가장 묵직한 건 뭐야?"

다인이 캐묻는다.

"다시 찾아봐."

강토가 블로터를 바라보았다. 다인이 집어 든다. 필사적으로 향을 맡는다. 준서도 그렇고 상미도 그랬다.

"이게 좀 무거운 거 같아."

다인은 두 번째 블로터를 가리켰다.

"나는 첫 번째."

준서의 의견도 나왔다. 상미는 블로터에 코를 박고 있을 뿐이다.

"두 번째가 맞을 거야. 그게 좀 무거운 데다 풋 향이 깃들었어."

"풋 향?"

"페티그레인은 꼬맹이 오렌지인 오랑제트에서 미숙과와 잎을 같이 증류해서 얻잖아? 잘 맡아 보면 풋 향이 느껴질 거야."

"미치겠네. 묵직한 향도 구분 못 하겠는데 풋 향까지?"

상미는 울기 직전이다.

다른 스터디들도 필사적이다. 그래도 남경수와 강은비 쪽은 여유가 있다. 대략 답을 찾은 모양이었다.

"자, 감상 끝났나요?"

라파엘이 묻자 학생들이 눈빛을 들었다.

"어느 스터디가 먼저 답을 말해 볼까?"

"저희요."

강은비가 손을 들었다. 라파엘이 눈짓을 보내자 답이 공개되었다.

"5번이 가장 진한 향이고 2번 블로터의 향이 묵직합니다. 만다린 외에 남은 두 블로터가 네롤리와 베르가모트인 것 같습니다."

"다른 의견 있는 사람?"

"……."

질문에 대한 이견이 나오지 않았다.

"정답. 정확하게 맞혔어."

"와아."

강은비네 F5가 환성을 지른다.

"자, 틀린 스터디는 확인하세요. 앱솔루트와 다른 에센셜 향의 차이점. 그리고 같은 오렌지면서도 제법 묵직한 페티그레인의 위엄."

라파엘의 주문을 따라 스터디들이 바빠진다. 다인과 준서, 상미도 재확인에 들어간다.

"아, 조금 진한 것 같기도 하고……."

"이런 느낌이 묵직한 건가? 알고 맡으면 그런 것 같기도 한데……."

준서와 다인의 소감이 나온다. 귀에 못이 박히고도 남을 말

들이었다.

"그럼 이제 독특한 무게감을 가지고 있는 페티그레인을 만나 볼까. 그 전에 페티그레인을 본 적 있는 사람?"

라파엘의 질문에 강토 손이 올라갔다. 이건 거의 자동이었다.

"그라스에서 봤어?"

다인이 속삭인다.

봤다.

하지만 오렌지는 4월의 꽃이다. 강토가 도착했을 때는 장미의 계절이었다. 그러므로 강토 눈으로는 보지 못했다.

하지만.

블랑쉬는 보았다.

"프랑스 다녀왔다더니 거기서 봤나?"

라파엘이 묻는다.

"예."

그냥 대답해 버렸다.

"요즘 페티그레인은 모로코 쪽에서 주로 재배되는데 혹시 오렌지를 본 건 아닐까?"

"페티그레인은 은행알만 한 크기였습니다. 지금 교수님의 왼쪽 상자에서도 그 냄새가 납니다."

"뭐라고?"

"왼쪽에 있는 상자요."

"맙소사."

놀란 라파엘이 상자를 열었다. 그러자 은행알 크기의 페티그레인 10여 개가 나왔다. 그 또한 실습을 위해 직접 준비한 라파엘이었다.

"상자 안의 냄새까지 맡을 수 있다는 말인가?"

"예."

"우와."

학생들의 시선이 다시 강토를 향한다.

"대단하군. 후각 포텐이 제대로 터진 모양이야."

인정.

라파엘은 흔쾌했다. 의심 따위는 없이 쿨하게 인정하는 것이다.

"오렌지 에센셜처럼 페티그레인의 오일도 다시 세분화됩니다. 오늘은 다 준비하지 못했지만 시트러스에서는 유념할 친구이니 잘 기억해 두기 바랍니다."

"……."

"오렌지 에센셜 네 친구를 감상했으니 오늘은 시트러스 노트에 묻혀 보겠습니다. 시트러스는 향수의 첫인상이니 시트러스 노트를 자유자재로 다룰 수 있는 능력은 매우 중요합니다. 누구든 이 신선한 활력에서 자유롭기는 힘드니까요."

"시트러스 노트……."

학생들이 촉각을 세운다.

"준비된 향료는 이 다섯입니다. 이 다섯 향료를 써서 지구상에 하나밖에 없는 시트러스를 만들어 보시기 바랍니다. 필요하다면, 다른 향료는 딱 한 가지 정도 더 써도 좋습니다."

라파엘의 과제가 나왔다.

시트러스 노트.

향수를 시향 하면 처음 맡게 되는 향이다. 빨리 날아가는 특성 때문에 몸에 뿌리면 자기 자신만 맡는 경우가 많다. 그러나 향수의 첫인상이다. 향수의 올바른 선택은 시향 후 1시간이 적당하지만 현실적으로는 시트러스 단계에서 결정되는 경우가 많았다.

스터디들이 머리를 맞대기 시작했다. 저마다 향의 스케치에 들어간다. 향수에는 늘 주제가 있었으니 화학의 시로 불리는 향을 진짜 시처럼 설명할 수 있는 것도 조향사의 재능에 속했다.

하지만.

라파엘이 생각은 좀 달랐다. 조향은 실패와 함께 배운다. 실제로 많은 명작 향수들은 엉뚱한 계기 속에서 만들어졌다. 인류의 효자가 된 페니실린도 마찬가지다. 그 또한 잘못된 실험에서 얻은 보석이었다. 그렇기에 라파엘은 학생들이 시트러스 향과 더불어 놀면서 친숙해지기를 바라는 것이다.

그러면서도 시선은 강토에게 향했다.

이론은 이미 잘 갖춰졌던 학생.

거기에 더해 제대로 회복된 것으로 보이는 후각.

[대기만성].

라파엘은 그 속담을 알고 있었다. 복수전공으로 만나게 되었지만 열정적이던 강토. 그러나 후각 때문에 주목하기 어려웠던 학생⋯⋯.

그의 시선이 머무는 향은 만다린과 페티그레인이었다.

이번 실습은 앞서 말한 대로 시트러스 가지고 놀기였다. 그러나 이들 향을 잘 배합하면 톱노트부터 베이스노트를 갖추는 미니 향수를 만들 수도 있었다. 그러자면 두 가지를 꿰뚫고 있어야 했다,

하나는 다섯 향에 대한 정확한 이해.

둘은 향조 간의 특성을 살리는 완숙한 어코드 능력.

물론 학생들 수준에서는 거의 불가능한 일이었다.

그럼에도.

슬쩍 기대가 되는 건 사실이었다.

강토의 몸에서 왠지 전문가의 향기가 엿보이는 것이다. 후맹을 감추기 위해 잔머리를 쓰던 때와는 완전하게 달랐다.

'뭘까? 이 느낌⋯⋯.'

라파엘의 관심은 강토에게 완전 고정이었다.

다인이 강토를 바라본다.

준서도 바라본다.

상미는 아까부터 그랬다.

"왜?"

놀란 강토가 셋을 돌아보았다.

"지시를 기다리는 거야."

다인이 당연한 듯 답했다. 그러나 이 스터디의 리더는 다인이었다.

"리더는 너잖아?"

강토가 팩트를 환기시켰다.

"오늘 날짜로 리더 체인지."

"누구 마음대로?"

"준서 오빠하고 상미도 만장일치 동의했거든?"

다인이 준서와 상미의 지지를 등에 업는다.

"알았으면 명령을 내려 주시지 말입니다."

준서까지 가세를 한다.

셋의 눈에도 기대감이 가득했다. 만년 꼴찌 스터디 옴니스였다. 그 쥐구멍에 볕이 들어왔다는 직감이 왕림한 것이다.

"각자 만들 거 아니고?"

"우린 원 팀."

다인이 못을 박는다.

"좋아. 그럼 시작하자고."

강토가 메모지를 꺼냈다. 그사이에 다인과 상미가 실습 도구와 기구를 대령했다. 에탄올과 정제수는 물론 전자저울의 영점까지 맞춰진 상태였다.

시트러스 노트.

강토의 머리는 빠르게 돌아갔다.

그라스의 초원이 머리에 펼쳐진다. 그 초원에 오렌지꽃이 만발한다. 유리알을 쪼는 듯한 직사광선을 받으며 오렌지꽃을 수확한다.

시트러스류는 분자량이 작다. 향수의 분자량은 보통 26에서 300. 그중에서도 앞줄을 차지한 노트였다. 뿌리는 동시에 날아간다. 분자량이 작은 향은 제아무리 많이 뿌려도 마찬가지다. 티끌 모아 태산이 될 수 없다. 시트러스의 지속력은 오직 하나, '자주 뿌리는 것'밖에 없었다.

그렇기에 라파엘은 단 한 가지의 추가를 암시했다.

묵직한 분자의 향을 쓰면 시트러스의 증발을 막을 수 있다.

"머스크 찾아 와."

"우디를 쓰자."

"우리는 발사믹으로 간다."

다른 스터디들의 노림수가 들려온다. 실력의 차이가 난다고 해도 학생들이다. 상당수는 아직 실습 기구조차 능숙하게 다루지 못한다.

강토는 느긋했다.

라파엘의 주제를 생각했다.

「시트러스」.

그가 준비한 핵심 에센스는 시트러스의 보석들이었다. 그렇다면 그 노트의 특성을 살려야 했다.

"다 섞어 보자."

"야, 그러다 향 망치면?"

옆 스터디 우비강은 희애와 유하가 엉뚱한 발상으로 접근한다. 나쁘지 않다. 우비강의 장점이기도 했다.

블랑쉬의 경험 속에는 그런 것도 있었다. 알랑 몰래 실험을 즐기던 그였다.

당연히 많은 에센스를 다 섞어 보기도 했다.

그런데.

결과가 재미났다.

수많은 향료를 섞었더니 의외로 굉장히 단순한 향이 탄생한 것이다.

그런 호기심은 오래가지 않았다. 블랑쉬는 알았다.

진짜 전문가는 새로운 레시피보다 이미 알려진 레시피에서 새로움을 창조한다. 새로운 것을 좋아하는 건 향료 회사들뿐이다. 그들은 그게 좋은 향이건 나쁜 향이건 개의치 않는다. 새로운 게 들어갔다고 해야 소비자들에게 먹히기 때문이었다.

"어떤 주제로 갈까?"

다인의 눈이 반짝거린다.

"실습이니까 일단 향수라는 골격은 갖춰야지. 톱노트, 미들노트, 베이스노트……"

"그게 가능해? 시트러스 에센스뿐이잖아?"

다인이 울상을 지었다.

"한 가지 향은 더 골라도 된다고 하셨어."

강토는 여유를 잃지 않았다.

"우리도 머스크로 눌러 버리자."

상미가 의견을 내놓는다.

"그럼 미들노트는?"

다인이 질러간다. 준서도 뾰족수는 없었다.

"천천히, 기회는 한 번뿐이야."

강토가 팩트를 주지시켰다. 서두른다고 좋은 향이 나오는 건 아니었다.

향료를 이해하고 개별 특성을 알아야 하며 향료의 대립과 조화, 강조 속에서 최적의 황금비를 찾아야 한다.

가만히 시트러스 속성 속으로 걸어 들어간다.

레몬의 단짝은 캐러웨이다.

로즈메리와 클로브도 좋은 궁합을 이룬다. 이렇게 매칭을 하면 향이 돋보인다.

레몬은 시트론이나 버베나와도 좋은 어코드를 이룰 수 있다. 이들이 만나면 향의 옥타브가 훌쩍 높아진다.

강토의 눈이 에센스 진열장으로 향한다. 학교 실습실이다 보니 에센스는 필수적이고 기본적인 노트만 갖춰진 상태였다. 합성향료의 양도 제한적이다. 그라스의 조향사들과는 환경이 달랐다.

'아이리스……'

그 에센스가 있다면 여러 향을 매끈하게 정리할 수 있다. 오리스라면 시트러스의 향이라고 해도 한층 더 파워풀하게 만든다.

너트메그를 가하면 톱노트도 짜릿하게 만들 수 있다. 용연 향이야 꿈도 못 꾸지만 베티베르만 있어도 모든 향료에 질서 부여가 가능했다.

오늘은 그 향도 보이지 않는다. 다시 봐도 실습실 환경은 너무 열악했다. 등록금은 엄청 받아먹으면서 말이야.

강토 눈이 마지막 합성향료에서 멈췄다.

알데히드였다.

알데히드는 CHO로 이루어진 작용기의 하나다. 진열장의 알데히드는 여러 종류였다.

─계피 향을 내는 신남알데하이드.

─레몬 향을 내는 제라니알.

─오렌지 향의 시트로넬랄.

그라스에서 보았던 2—methylundecanal은 없었다. 그게 바로 샤넬 NO.5에 들어가신 알데히드였다.

알데히드는 향수의 기능을 강화할 수 있으니 훌륭한 미들 노트가 될 수 있었다.

하지만 그보다 더 끌리는 게 보였다. 알데히드 뒤에 숨은 작은 에센스병이었다.

샌들우드였다.

샌들우드는 레몬과 대립 관계다. 향료의 대립은 향의 효과를 높이는 데 기여한다. 더 짜릿한 시트러스를 가능하게 만든다. 샌들우드라면 미들노트까지 해결이 된다. 보통은 베이스노트로 많이 쓰지만 상관없는 일이었다. 블랑쉬는 이런 조합을 수도 없이 해 봤고 실제 향수로 만들어 알랑의 신제품으로 발표한 적도 있었다.

"맞다. 그런 말 들은 적 있어."

강토 설명을 들은 상미가 노트를 뒤적인다.

"여기 있어."

학기초의 이론 시간에 적어 둔 필기가 강토의 말을 인증해 주었다.

"그럼 베이스노트는?"

준서가 끼어들었다.

샌들우드를 찜하게 되면 나머지는 라파엘이 제시한 다섯 에센스 안에서 베이스노트를 골라야 한다.

「네롤리」,「페티그레인」,「베르가모트」,「앱솔루트」,「만다린」.

다섯 에센스는 모두 시트러스 노트에 속한다. 가볍고 활발하다. 거기서 묵직한 베이스노트를 찾을 수…….

있다.

그것도 두 가지나.

*　　　　*　　　　*

"두 가지나?"

강토가 말하자 멤버들이 울상을 지었다. 눈을 뒤집고 봐도 시트러스 노트다. 시트러스는 당연히 톱노트 단골이다. 물론, 이 노트의 규정은 절대적인 것이 아니다. 때로는 묵직한 베이스노트가 톱노트로 나오기도 하고 시트러스의 베르가모트 등이 기조제로 쓰이기도 한다.

"만다린과 페티그레인."

강토가 생각을 공개했다.

"만다린 & 페티그레인?"

멤버들이 고조된다.

"우선 만다린, 이거 교수님이 왜 대조로 내놓았을까? 다른 시트러스도 많은데 말이야. 다행히 요게 스위티하면서도 묵직하게 가라앉는 느낌이거든. 그래서 만다린이나 탠저린은 주로 미량으로 쓰이잖아?"

"……?"

"거기에 페티그레인, 얘도 묵직해서 너무 상큼한 레시피들을 잘 토닥이는 특성이 있어. 요 둘을 조합하면 머스크 안 쓰고도 베이스노트 기분 낼 수 있을 거야. 시트러스라는 통일성에도 부합하고."

"그럼 톱노트는? 네롤리? 앱솔루트?"

"샌들우드가 들어가면 시트러스 향기가 강화되지? 그렇다면 향이 진한 앱솔루트는 부담스러울 수 있어. 그러니……."

"향이 풍부한 네롤리?"

멤버들이 합창을 했다.

강토는 눈을 감은 채 에센스의 농도를 분석한다. 코 안에서 네 개의 향이 화음을 겨룬다. 그 화음을 가장 조화롭게 맞춘다. 그것으로 노트의 결정이 끝났다. 에탄올과 정제수의 비율도 정해졌다.

톱노트—네롤리.

미들노트—샌들우드.

베이스노트—만다린+페티그레인.

지켜보던 라파엘의 입가에 미소가 스쳐 간다.

여기까지는.

아주 좋아 보였다.

하지만 다음 순간.

라파엘의 표정은 석고상이 되었다.

다른 스터디들처럼 핫플레이트가 아니었다. 삼각 플라스크에 에탄올과 정제수를 계량하더니 네 가지 에센스를 그냥 적하해 버린 것이다. 페티그레인이 먼저였고 만다린이 뒤를 이었다. 샌들우드가 들어가더니 네롤리로 마무리를 했다.

"......?"

지켜보던 멤버들을 울상이 되었다. 만다린이 가장 적게 들어가는 건 알 수 있었다. 하지만 각 에센스의 용량 계산은 불가능했다.

1) 향 원액 40g

2) 향수 베이스 20g

3) 에탄올(95%) 279.6g

4) 에말렉스 0.4g

5) 정제수 56g

6) 프로필렌글리콜 4g

......

......

......

첫 향수 실습 때 받은 레시피다. 아직도 달달 외우고 있다.

향수 제조에는 성분비가 존재한다. 이건 일종의 원칙이었다. 강토는 그걸 따르지 않았다. 마치 마스터급의 조향사처럼 오직 감으로 진행해 버린 것이다.

그럼에도 제지하지 못한 건 강토의 몰입감 때문이었다. 아주 잠깐의 일이지만, 정말이지 대가의 향기가 우러나는 것 같았다.

"윤강토……"

상미가 주의를 환기시킨다.

"응?"

"용량은? 그냥 내키는 대로?"

묻는 목소리가 떨린다. 원칙을 깼음에도 도무지, 장난하냐고 다그칠 수가 없었다.

"아."

그제야 상황을 캐치하는 강토였다.

"미안."

"잠깐만."

다인은 블로터부터 적신다. 향이 궁금했다.

살랑.

블로터를 허공에 흔들자…….

"우와, 오렌지 폭풍."

감탄은 옆 스터디 멤버들에게서 먼저 나왔다.

"어떻게 어코드한 거야? 상큼함의 증폭 버전 같잖아?"

우비강 리더 희애가 코를 쿵쿵거린다.

"아."

다인도 그대로 늘어진다. 오렌지 물결의 공습이다. 아니, 압사다. 눈앞이 온통 오렌지꽃의 바다로 변한 것 같았다. 기분이 마구 좋아진다.

그것으로 끝이 아니었다. 달콤한 향이 뒤를 받친다. 시트러스의 특징은 경쾌한 것. 그러나 그 단점은 신기루처럼 금세 무너지는 점.

하지만.

이 시트러스는 달랐다. 발을 디디면 풀썩 꺼져야 하지만 그 바닥을 받쳐 주는 안정감이 있었다. 아무나 할 수 있는 성분 비 구성이 아니었다.

'시트러스 노트 맞아?'

다인은 다리까지 풀렸다. 신선한 향의 판타지 속에 갇힌 기분이었다.

"좋아?"

상미도 코를 들이댄다.

그러고는……

"어머."

다인처럼 몸이 굳어 버린다. 준서 역시 강토가 만든 향에 사로잡혀 행복한 포로가 되었다.

"시트러스 노트가 너무 풍부해. 내가 얼마 전에 산 '모멘토 뿌르옴므'보다도 더 상큼한 거 같아."

상미가 몸서리를 친다. 모멘토 뿌르옴므는 레몬 향의 향수
다. 향조 공부를 위해 큰마음 먹고 질렀다. 후각 때문에 진가
를 느끼지는 못했다. 그러나 이 향은 후맹에 가까운 그녀조차
사로잡고 있었다.

"하지만 각 에센스 용량이?"

다인이 강토를 바라보았다.

실습의 필수품은 보고서였다.

─네놀리 대충.

─샌들우드 내키는 대로.

─만다린 미량.

─페티그레인 기분대로.

…라고 쓸 수는 없었다. 포뮬러가 필요한 것이다.

"알았어. 용량 체크하자."

강토는 여전히 태연했다.

"재현 가능해? 방금 저 비율대로?"

"당연하지."

다들 질려 있지만 강토 손은 능란하게 움직였다. 보조는 상
미가 해 주었다. 전자저울 위에 다른 에센스가 올라갈 때마다
Tare를 눌러 영점을 잡는 것이다.

"비켜 봐."

용량이 나오자 다인이 비커를 들고 나섰다. 재현이다. 에탄

올에 이어 에센스가 적하되고 정제수가 들어갔다. 강토가 말한 그대로였다.

사앗.

블로터가 입수되었다가 나왔다. 그걸 허공에 나풀거리자…….

"와합."

다시 한번 혼이 빠지는 다인이었다.

놀랍게도 향기는…….

똑같았다.

"상미야, 제목."

다인이 상미를 재촉한다. 상미는 시적 감각이 뛰어나다. 조향에 필요한 덕목의 하나였다. 그렇기에 향수의 제목이나 향기의 설명은 상미가 발군이었다.

"시트러스는 늘 유혹의 조연을 맡는데 오늘은 시트러스가 올라운드 플레이로 변신했으니까 '조연에서 주연으로 으쌰으쌰' 어때?"

"대박."

재미난 타이틀이다. 필을 받은 다인이 강토와 준서를 바라보았다.

"공감."

"나도."

반대가 나올 리 없다.

"어디 한번 볼까?"

라파엘이 짐짓 다가왔다. 강토네 스터디 앞에는 두 개의 향수가 준비되어 있었다. 각각의 비커에 블로터를 넣었다.

"……!"

라파엘의 미간에 격한 경련이 스쳐 갔다.

그러나, 평은 나오지 않았다. 오히려 침묵만 무겁다. 다인과 상미가 바라보지만 숨을 고르고 돌아설 뿐이었다.

"뭐가 잘못됐나?"

상미 표정이 굳었다.

"그사이에 변질?"

다인이 다시 블로터를 담갔다 꺼냈다. 어코드가 맞지 않는 조향이라면 향조가 무너질 수 있었다. 처음에는 상큼하던 향이 악취가 될 수도 있는 것이다.

그건 아니었다. 향은 아직 무사했다.

라파엘은 보이지 않았다. 실습시간에는 좀처럼 자리를 비우지 않는 교수. 그러나 이날은 10여 분 후에야 돌아왔다.

"다 됐으면 F5부터 발표하세요."

컴백한 라파엘이 정리에 들어갔다.

"우리 스터디의 주제는 새침떼기 시트러스입니다. 하트노트는 향이 진한 앱솔루트로 정했고요. 달콤한 만다린을 살짝 가미해 분위기를 살리는 한편 미들노트의 역할을 맡겼습니다. 액센트는 마녀도 울고 간다는 캐러웨이를 변조제로 넣어서 새로운 느낌의 시트러스 어코드를 완성시켰습니다."

발표는 강은비가 했다. 남경수가 코치하는 걸 보니 둘이서 짜낸 아이디어 같았다.

캐러웨이.

진열장에 없던 에센스였다. 강토가 보니 오늘 개봉을 했다. 그렇다면 F5가 미리 선점했다는 얘기였다. 남경수와 강은비는 학과의 조교처럼 움직이니 가능한 일이었다.

강토가 웃었다. 캐러웨이는 레몬 에센셜과 잘 어울린다. 변조제로 포인트를 주었다지만 제대로 된 선택이었다.

웃은 이유는 비율이었다. 변조제 사용은 신중해야 한다. 자칫하면 공든 탑이 무너지는 것이니 어코드가 붕괴될 우려가 있었다.

"캐러웨이가 있었어? 우리가 찾을 때는 없던데?"

우비강의 희애가 중얼거린다. 그녀 역시 강토처럼 뒤통수를 맞은 것이다.

다음 스터디는 재미난 선택을 했다. 앱솔루트를 하트노트로 삼고 만다린과 페티그레인을 첨가하면서 뮤게를 넣은 것이다. 여기 들어간 뮤게는 조화제였다.

라파엘은 매번 귀를 기울인다. 그래서 많은 신망을 받는 교수이기도 했다.

마침내 마지막.

강토 스터디의 차례가 되었다.

리더 강제 교체와 상관없이 발표는 다인이 맡았다.

"우리 스터디 작품 이름은 조연에서 주연으로입니다. 시트러스를 주로 구성했지만 톱노트부터 베이스노트까지 다 세웠습니다. 포인트는 샌들우드인데 레몬 향과 대립각을 세우는 데서 영감을 얻었습니다. 샌들우드는 미들노트 역할까지 하고 있고요. 베이스는 묵직함으로 시트러스를 리드하는 페티그레인으로 대신했습니다."

"우와."

몇몇 학생들에게 감탄이 나왔다. F5에 이어 두 번째 주목을 받는다. 개무시 단골 스터디 옴니스는 더 이상 듣보잡 스터디가 아니었다.

"다들 작품을 가지고 나오세요."

라파엘이 테이블을 가리켰다. 스터디별로 향수 비커가 나오자 차례로 시향을 했다.

오늘도 진지하다.

그는 학생들 작품이라고 헐렁하게 보지 않는다. 악취가 나는 경우에도 신중하게 시향 하는 사람이었다.

조금씩 펴지던 얼굴이 강토네 향 앞에서 다시 굳는다.

도대체.

왜?

"자, 이제 다들 알죠? 다 함께 시향 하고 가장 마음에 드는 향수에다 블로터 투표를 해 주기 바랍니다."

라파엘의 말과 함께 학생들이 일어섰다. F5는 여전히 의기
양양이다. 학생들은 시향에 열심이다. 더러는 인상을 찡그리
지만 또 더러는 향에 반한다.

냄새는 객관적이다.

응?

주관적이라고?

그렇지 않다. 만약 냄새가 주관적이라면 향수도 살아남기
어렵다. 다만 취향 차이가 있을 뿐이다. 라파엘의 생각도 그랬
고 강토의 생각도 그랬다.

블로터가 쌓이기 시작했다.

F5와 옴니스가 거의 절반씩이었다. 다른 때라면 F5에 필
적하는 퍼퓸펜타가 대신했을 자리. 거기 옴니스가 낀 것이
다.

"이 작품 어느 스터디?"

라파엘이 첫 비커를 가리켰다.

"F5요."

"이건."

이번에는 강토네 비커였다.

"옴니스입니다."

다인이 답했다.

"옴니스… 반전이자 대약진이군. F5 아니면 퍼퓸펜터, 그도
아니면 엔젤로즈가 단골이었는데."

"......"

"이제 내 선택만 남았군요."

라파엘이 블로터를 들어 보였다. 그가 제일 먼저 시향 한 블로터였다.

볼 것도 없이 F5다.

언제나 그랬다.

하지만 오늘만은 달랐다. 강토 생각은 그랬다. F5의 향수는 실패작이었다. 학생들 수준에서는 드러나지 않지만 강토는 알았다. 변조제로 들어간 캐러웨이의 양이 지나쳤던 것이다.

그건 라파엘 정도라면 쉽게 알 수 있는 일이었다.

그런데.

라파엘의 손은 F5의 비커 앞에서 멈췄다. 그가 들고 있던 블로터 중에서 5개가 그 위에 쌓였다. 강토네 비커에는 단 하나만 보태졌다.

"아자."

남경수와 강은비의 F5가 기세를 올렸다.

그럼에도 옴니스 멤버들 표정은 밝았다. 단 하나였지만 라파엘의 선택을 받은 것이다. 그 또한 꼴찌 단골에게는 역사적인 사건이었다.

강토도 미련 같은 건 갖지 않았다. 단지 실습이었고, 오늘 실습의 결정권자는 라파엘이었다.

실습실 정리가 끝났다. 오늘 뒷정리 당번은 옴니스였다.

"세상에나, 이게 꿈이야 생시야? 우리가 만든 향이 주목을
받다니."

정리 정돈을 마친 다인은 아직도 들떠 있었다.

"뭐래? 오늘 결과는 잘못된 거야."

상미는 살짝 불만이다.

"애들이 F5에 몰표 준 거?"

"그래. 솔직히 오늘은 우리 작품이 월등했잖아?"

"참아라. F5는 조향학과 성골이잖냐? 우리는 6두품이고."

준서가 상미를 달랜다.

"복수전공이 죄야? 우리도 이 과목 학생인데."

"이제 강토 후각이 제대로니까 다음 실습 때 밟아 버리면
되지?"

"그렇지만 아깝잖아? 나 이거 내 인생 최애 향수로 삼을 거
야. 와아, 이걸 우리가 만들다니……."

"그 기념으로 내가 갈비 쏜다. 가자."

준서가 반가운 소식을 전하자,

"진짜?"

상미가 반색을 했다.

"아이고, 얘가 향수 후각은 무뎌도 음주 후각은 즉각적이에
요."

준서가 웃었다.

준서는 형편이 괜찮다. 나이도 연장자다 보니 한턱 쏘는 날

이 많았다.

"좋아. 가자. 2차 아아는 내가 쏜다."

다인도 실습복을 가방에 욱여넣었다.

그때 라파엘 교수가 들어섰다.

제7장
—
A급 후각 증명 I

"어? 교수님?"

"아직 안 갔네?"

"시키실 일 있어요?"

다인이 물었다.

"아니, 아까 빼먹은 설명이 있어서."

"예?"

"다들 앉아."

라파엘이 자리를 권했다. 그래 놓고 그 자신은 테이블에 엉덩이만 걸친다.

"아까 만든 향수, 한 병 선물받고 싶은데 될까?"

"정말요?"

강토를 제외한 멤버들이 자지러진다. 라파엘이 학생들 작품을 원하는 건 처음이었다.

"여기 있습니다."

강토가 자기 몫의 향수를 내밀었다. 라파엘은 뚜껑을 열고 가볍게 바람을 일으켜 향 분자를 불러낸다. 그런 다음에 시계를 본다.

"와인 셀러에 몇 달 정도 두면 더 좋아질 것 같네. 없으면 냉장고에 넣어 두고."

그 한마디에 멤버들이 또 고무가 되었다.

"옴니스… 멋진 반전이야. 다시 한번 축하해."

"교수님……."

"사실 아까 내가 준 평가는 반대였어."

"예?"

"F5에게 몰표를 주고 옴니스에게 한 표만 준 것 말이야."

"……?"

"이유가 좀 있었는데… 첫째는 이 향이 어딘가 기시감이 있어서 말이야."

라파엘의 시선이 강토를 겨눈다. 추궁하거나 의심하는 눈빛은 아니었다. 오히려 그 반대였다.

"20여 년 전에 내가 그라스에서 조향을 배울 때, 피렌체에서 온 조향사 빌레로시를 만났지. 과장 좀 하자면 세계 곳곳의 오일과 에센스를 다 가지고 있는 분이셨네. 향수의 역사에 대해 그분처럼 해박한 분은 보지 못했네. 그분 흉내를 낸답시고 향으로 유명한 몇 나라에 여행을 갔다가 환상적인 골동품 향수를 몇 개 구했었지. 모스크바였네. 그 향수에 반해 나도 고전 향수 연구로 돌았네. 그런데 아까… 어쩐지 그 향수의 분위기가 떠오른 거야."

그 향수의 분위기.

그렇다면 포뮬러가 같다는 뜻이다.

강토가 바짝 고무되기 시작했다.

"둘째는 오늘의 주제였지. 시트러스를 가지고 놀라고 했는데 자네 스터디는 너무 기막힌 작품을 만들었어. 학생 때는 학생다운 시도가 중요하기에 F5에게 점수를 주었네. 그 스터디는 실패한 어코드였지만 오늘의 주제에 더 부합했으니까."

과연 라파엘.

그는 강토가 알고 있는 걸 다 알고 있었다.

"지난번 외부 전문가 강의 때도 오늘처럼 기가 막혔다지? 그때는 약간의 오해를 받는 것 같던데… 하지만 거기에 이어 두 번째……."

"……."

"한국 격언에 삼세판이라는 말이 있더군. 그래야 완전하다던데, 맞나?"

"……."

"원래는 이 교수님 실습이 먼저지만 다음 주 실습 날은 휴 강 예정⋯ 그렇다면 내 실습이 먼저야."

"⋯⋯."

"옴니스에게 삼세판을 기대한다는 말을 전하러 왔네. 더불 어 오늘 실습시간 작품 평가에 대한 해설도 필요할 것 같아 서⋯⋯."

"교수님."

"솔직히 말하면 한국에 와서 처음으로 설레고 있다네."

따뜻한 미소를 남긴 라파엘이 몸을 세웠다.

"교수님."

강토가 입을 열었다.

"할 말 있나?"

"아까 말씀하신 러시아 말입니다. 거기서 구했다는 골동품 향수."

"그게 왜?"

"혹시 200여 년 정도 된 것입니까?"

"적어도 100년은 된 것으로 짐작하기는 하네만."

"그럼 혹시 알랑 클레멘트의 시트러스 아니었습니까?"

"서명의 흔적은 없었네만?"

"예⋯⋯."

강토 목소리가 수직으로 내려앉는다. 혹시나 블랑쉬가 만 든 향수인가 싶었던 것이다.

"알랑 클레멘트에 대해서도 공부했나?"

"예, 책에서 조금……."

"그렇군."

미소가 깊어진 라파엘, 향수병을 보더니 가만히 뒷말을 이었다.

"이거 고맙네."

인사를 남긴 라파엘이 실습실을 나갔다.

"옴니스."

다인이 기다렸다는 듯이 손바닥을 들어 보였다.

"아자."

상미와 준서가 하이 파이브를 작렬한다. 강토 역시 빠지지 않았다.

짝.

짝짝.

소리도 끝내준다.

하이 파이브에서 페티그레인 향이 펑펑 분출되는 것 같았다.

멤버들은 사실 살짝 아쉬움 마음이 있었다. F5의 승리를 인정할 수 없었다. 그 아쉬움을 라파엘이 어루만져 준 것이다.

페티그레인은 싸아한 청량 속에 달콤함을 감추고 있다. 그래서 숨은 보석으로도 불린다. 싸아함이 가시고 달콤함이 강림했으니 이보다 더 좋을 수 없는 마무리였다.

"왔냐?"

SS병원 후각 클리닉, 문을 열자 윤현수 과장이 반색을 했다. 의학박사이자 이비인후과 과장이다. 강토의 작은아버지이기도 했다. 옴니스와 뒤풀이를 하러 가기 전에 병원부터 들른 강토였다.

작은아버지는 생뚱맞게도 개 두 마리를 데리고 있었다.

강토에게 낯익은 품종이었다.

'비글······.'

정확히 말하면 블랑쉬에게 낯익었다.

"오늘이 정기 진료일이냐? 아직 아닌 거 같은데?"

"좀 남았는데 확인하고 싶은 게 있어서요. 그런데 개는 왜요?"

강토가 비글에게 손을 뻗었다.

"어, 조심해. 얘들이 훈련은 받았지만 그냥 막 들이대면 위험할 수도 있어."

"괜찮아요."

강토가 비글을 어른다. 두 마리 비글은 마치 주인을 만난 듯 꼬리를 흔들었다.

"뭐야? 나보다 잘 따르네? 우리 간호사는 경계하던데?"

"개 기르려고요?"

"그럴 생각이다, 왜?"

"작은아버지는 개 싫어하잖아요?"

"개인이 아니라 연구 차원으로 모신 견공들이다."

"연구요? 인수공통질병이라도 연구하게요?"

"암 센터 쪽 절친한테 부탁이 왔어. 얘들을 이용해서 폐암의 조기진단이나 유방암 등의 전이를 체크하는 프로그램을 돌릴 거라고."

"진짜요?"

"이게 미국과 유럽에서는 이미 도입한 사례거든. 얘들 후각이 초기 암 환자를 찾아내는 데 있어 CT나 양전자단층촬영으로 불리는 PET보다도 월등하다는 거야. 해서 일단 후각 상태 좀 체크해 달라고 하길래."

"아."

강토도 아는 내용이었다. 조향 이론 시간에 들었다. 현존하는 조향 천재 조 말론. 마침 그녀가 주인공이었다. 빛나는 후각으로 남편의 암을 조기 발견 해 화제가 되었다는 내용이었다.

"그래도 개 관리는 수의사가 해야 하는 거 아닌가요?"

"당연히 수의사가 체크한 녀석들로 선발했지. 나는 크로스 체크 역할이다. 왜?"

"그렇군요."

"이게 바로 각종 암 환자들, 즉 폐암 환자의 가래와 유방암, 위암, 간암, 폐암, 뇌종양, 난소암 환자들의 혈청과 분비물이다. 예를 들면 폐암 환자의 호흡에는 VOC(volatile organic compound)라고 특별한 휘발성 유기화합물이 들어 있는데 그 냄새로 구분이 된다는 거야. 놀랍지?"

작은아버지가 혈청을 들어 보인다.

VOC의 냄새 분자가 후각망울에 닿는다.

순간 VOC의 냄새 분자는 이미 강토 것이 되어 있었다.

[저장 완료].

뇌 속에 새로운 냄새 분자로 기억된 것이다.

"아, 확인할 게 있다고? 뭐?"

"작은아버지."

"나 바쁘니까 빨리 말해라. 이 개들 테스트할 자원자들이 와 있어."

작은아버지가 재촉을 한다. 그럼에도 애정은 가득하다. 작은아버지는 할아버지와 함께 강토의 열혈 지지자였다.

사연이 있다.

강토가 세 살 때, 어머니 아버지를 잃은 비극적 사고의 운전자가 작은아버지였다. 운전석의 작은아버지와 조수석의 강토만 기적적으로 살아난 것이다. 그때 작은아버지는 의대생이었다. 원래는 성형외과의를 지망했었다. 그러나 강토가 후각에 이상을 보이자 이비인후과로 돌렸다.

강토가 중동에 있을 때도 일 년에 한 번씩 날아와 체크를 했었다. 미국이나 유럽의 최신 의료 정보를 빠짐없이 체크했다. 피할 수 없었던 사고였지만 자기 책임이 크다고 생각하는 사람이었다.

그는 이비인후과, 그중에서도 코에 집중했다. 굉장한 실력과가 되었지만 강토의 후각만은 어쩌지를 못했다. 후각이 퇴화하는 질병 전부, 심지어는 후각 상실의 한 원인이 되는 아연 부족까지 체크했지만 답이 나오지 않았다.

"저 후각 돌아온 거 같아요."

강토가 선언했다.

"응? 뭐?"

"후각이 살아난 거 같다고요."

"윤강토."

"진짜예요. 그것도 굉장한 상태로."

"……."

작은아버지가 잠시 멍을 때린다. 어떻게 받아들여야 할지 난감한 모양이다. 강토의 후각 회복. 그건 그의 소원이기도 했었다. 그렇기에 둘은 한마음으로 노래를 하고 있었다.

하지만.

그런 징후는 지난번 정기검진 때까지도 전혀 없었다.

그런데…….

"진짜래도요. 작은아버지 재스민 향 비누로 손 씻었죠? 냄새가 좋은 걸 보니 싼 제품이 아니네요?"

"……?"

"진료실 방향제는 박하 향이고요. 틀렸나요?"

"……"

그 또한 적중이었다.

"저 진짜 냄새 맡을 수 있어요. 그래서 정밀검사 좀 해 보려고요."

"너 눈 감아 봐."

지시를 내린 작은아버지가 책상을 열었다.

"앗, 바르지 마세요. 지금 물파스 꺼냈죠?"

"……?"

작은아버지가 움찔 흔들렸다. 그 손에 들린 건 진짜 물파스였다. 자기 손에 발라 확인할 생각이었다. 강토는 그 독한 냄새조차 쉽게 느끼는 후각이 아니었다.

"그럼 이건?"

대신 다른 걸 들이댔다.

"초콜릿이네요."

"이건?"

"치약?"

황급히 들이댄 치약까지도 냄새로 맞혀 버리는 강토였다.

"맙소사."

작은아버지가 치약을 떨어뜨린다. 치약은 강토가 받아 주었다.

"언제부터야?"

작은아버지 목소리가 떨기 시작했다.

"며칠 되었어요. 저 프랑스 간다고 그랬잖아요? 거기에서부터 후각이 열리기 시작했어요."

"어떻게?"

"굉장히 강한 향수 충격을 받았거든요. 그때부터 냄새가 느껴졌어요."

"잠깐만."

작은아버지가 긴급 검사에 돌입했다.

부탄올 후각역치검사였다.

n—부틸 알코올을 사용해 환자가 맡을 수 있는 냄새의 가장 낮은 역치를 알아낸다. 강토의 역치는 일반인의 그것을 가볍게 오버했다. 아니, 엄청난 오버까지 달렸다.

CC—SIT 검사도 그랬다. 이 책에는 12개의 냄새가 들어 있다. 손톱으로 가볍게 긁으면 냄새가 발산된다. 당연히 그 열두 개를 다 맞혔다.

바로 후각상피와 후각망울 체크에 돌입한다. 이 둘은 후각의 능력치를 결정하는 바로미터이기도 했다.

"……!"

작은아버지가 얼어붙는다.

"어떤가요?"

강토가 물었다. 충격적인 건 작은아버지 쪽이었다. 강토의 후각 상실은 감각신경성 후각장애였다. 이 장애는 냄새가 후각세포까지 도달함에도 중추신경이 냄새를 구분하지 못할 때 발생한다. 강토의 경우는 어릴 때의 사고로 인한 외상성 장애로 판단되었다.

다행히 냄새를 전혀 못 맡는 것은 아니었다. 그렇다면 회복 가능성이 있었다. 그러나 전혀 차도가 없었다. 초기에는 미국의 최신 사례와 치료법까지도 동원했던 작은아버지. 이제는 포기하고 정기 관리 정도만 하고 있었다. 그런 상태가 20여 년도 넘게 진행되었으니 회복의 가능성은 '거의' 없었다.

그런 후각이 돌연 컴백했다.

그것도 미친 듯이 뛰어난 기능으로.

"기적이야."

작은아버지가 넋을 놓고 중얼거렸다.

"저 이제 문제없는 거죠?"

"문제없는 정도가 아니라 아주 뛰어나. 여기 비글들이 약 2억 2,500만 후각수용기를 가지고 있는데 너는 그보다도 10배 이상 업그레이드 버전 같아. 가스크로마토그래피보다도 더 민감한 수준이라고."

"우와."

"후각상피도 그렇고 후각망울도 전보다 훨씬 커진 거 같아."

"결론은 비글도 제 앞에서는 깨갱이라는 거군요?"

강토가 웃었다. 그건 블랑쉬가 준 정보였다. 비글과 트러플 찾기 시합에서도 이겼던 것이다.

"강토야."

작은아버지 목소리가 떨린다. 그의 소원이기도 했던 강토의 후각…….

"저 이제 조향사 될 수 있겠죠?"

"조지 오웰."

"……?"

"어떤 향이든 그 향료를 명확히 구별하는 능력을 지닌 작가 말이야. 거의 그 수준인 거 같다."

"조향계에서는 장 폴 겔랑이에요. 요즘은 조 말론이고요."

"아무튼 이대로라면 완전 전화위복이다. 너한테는 힘든 시간이었지만 저축한 후각에 복리의 이자를 붙여서 되찾은 셈이야."

"그 표현이 죽음이네요. 20여 년간 안 쓴 후각을 이자까지 붙여서 한 번에 소환?"

"축하한다, 윤강토."

작은아버지가 강토를 끌어안았다.

"이햐, 이런 기적이 오다니… 정밀검사 결과 본 후에 할아버지 모시고 거하게 축하 파티 한번 하자."

"좋죠."

감격을 나눌 때 암 전문 박사 송태섭 과장이 들어왔다. 그 뒤로 환자도 다섯 명이나 보였다. 그런데 보통 환자들이 아니다. 환자복을 입었음에도 거물들처럼 보였다.

"안녕하세요?"

강토가 인사를 했다. 송태섭은 병원을 오가면서 몇 번 본 적이 있었다.

"어, 강토 왔구나?"

송태섭이 손을 들어 보였다.

"비글들 어때?"

송태섭이 묻는다.

"최고의 후각이야."

"우리 VIP 지원자님들이 다들 바쁘시다는데 여기서 진행하면 안 될까?"

"그러지 뭐. 오래 걸릴 것도 아닌데? 강토야, 잠깐만."

작은아버지가 비글을 지원자들 앞에 놓았다.

코를 벌름거린다. 지원자들이 긴장을 한다. 모두 폐암을 우려하는 사람들이었다. 그러나 병원 검사에서는 '아직은 이상 없음'으로 나왔다. 그런데도 나른한 증상이 가시지 않으니 비글 프로젝트에 지원한 모양이었다.

비글들이 체크를 끝냈다. 다섯 지원자를 다 지나가면서도 특정한 반응을 보이지 않은 것이다.

"이상 없는 모양입니다. 다들 돌아가셔도 됩니다."

송태섭이 종료 선언을 했다. 바짝 긴장하던 지원자들이 안도의 숨을 쉬었다.

"작은아버지."

송태섭이 비글까지 데리고 나가자 강토가 기척을 냈다.

"어, 미안… 의사라는 게 이래. 이해해라."

"그게 아니고……"

"뭐? 할 말 있어?"

"방금 나간 분들 말이에요, 폐암 걸렸나 보려는 거였죠?"

"그렇지."

"네 번째 분요."

"응?"

"이름이 뭐죠?"

"네 번째면 금란 백화점 박광수 회장님? 좀 무섭게 생긴 분?"

작은아버지가 차트를 보며 말했다.

"그분한테 폐암 냄새 나요."

"뭐라고?"

"저 혈청하고 가래 말이에요? 폐암 걸리면 나는 냄새라면서요? VOC?"

"그런데?"

"네 번째 환자에게서 똑같은 냄새가 났어요. 조금 약하기는 하지만."

"강토야, 하지만 훈련받은 비글도……"

"제 후각이 비글보다 좋다면서요?"

"……?"

"저 농담 아니거든요? 저한테 내린 진단에 문제가 없었다면 그분 체크해 보세요. 저는 틀림없어요."

"……."

"왼쪽을 체크하세요. 그쪽 냄새가 안 좋아요."

『달빛 조향사』 2권에 계속…